岩波現代文庫／文芸 278

ラニーニャ

伊藤比呂美

岩波書店

目次

ハウス・プラント

外に出てくると日ざしがまぬけにもカリフォルニアなので、からかわれているような気がしました。あたしが何をしていようと、生理的にどんな状態にあろうと、それはなんにも変わらないのです。その、すっきりと晴れわたった青空。

さっきまであたしは、密閉された、日のささない場所で、だらだら汗を流していました。それなのに外に出てくれば、この日ざし、ごはさんにねがいましては。

ごはさんにねがいましては、と、むかし東京の裏町の、路地を入ったとこにあったそろばん塾の前を通ったときにいつも聞こえてきたおとなの男の声が、あたしの耳に聞こえてくるようなかんかん照りです。

かんかん照り。それはちがう。そんな暑さではないですね。暑くないんですね。ところがどんなに考えてもしっくりくることばがないんです。秋晴れとか日本晴れとか小春日和とか、それはぜんぶ秋ですから。

今は春です。ただの晴れた春の一日です。それでも、この光の強さは、まさにかんかん照りとしかいいようがなくて。

あたしは小一時間の間、自分の筋肉や汗のことで手いっぱいで、すっかり、煩雑なことなんて忘れていました。忘れていたと思ってたんですが、外に出てくるやいなやこのかんかん照りで、かんかん照りの中にこそ現実も生活もあるような感じで、たちまちあたしの頭の中に、あのユーカリの木立や、つもりつもった諸問題が立ちもどってきて、あーあと思った、というわけです。

手に、汗がべっとりついてました。油のようにべとべとした汗でした。いったいこれを、脂汗というのかいわないのかと考えたのですが、考えはじめたらやめられなくなって、それからしばらく考えていました。どうもいちどことばを思いつくとついこだわってしまって、頭から離れない傾向があります。どれもこれもたいしたことのないことばなんですが、それでもつい。

脂汗というのはもっと、精神的に緊張をしいられたときに出る汗でしょう。あたしのこれは、そうじゃありません。そこにもっと、せっぱつまったものが、はらはらどきどきする感情がふくまれてるべきだと思うんです。肉体的な運動なんかでせっぱつまりゃしませんから、あたしは。

ちょっと前まではあたし、英語の発音にいちいちこだわって、日本語にまるでない音とかある種の子音とか、発音するたびに、舌や口蓋がふるえたりする、そのふるえる舌や口蓋をしみじみと味わってみたりして、その音について、考えこんでいました。あのころは、日本語を発音してても、ときどき立ちどまって、今したばかりの発音を舌や口蓋で味わってみてました。しゃべってる最中に立ちどまるから、口ごもったみたいになっちゃって、会話にはひどく不便でした。

このごろは立ちどまらなくなったかわりに、いつも何かを、忘れかけたことばかも、何かをしじゅう、思いだそうとしているんです。このごろ人と、家族以外の人とまるでしゃべらないから、まったく。クラリスがいなくなってもうずいぶんになります。

クラリスがいたときはずいぶんちがいました。何かあったらすぐクラリス、どうしたらいいかどうしたいか、結論を出してもらわなくても、クラリスがそこにいて意見をいいちらしてくれるだけで、生きてく方向性がしっかりさだまって、あたしの人生きちんと虚構化できてるような気がしました。虚構化できていれば、何がおきてもびびらずにすむ。そのクラリスがいません。その上ディートリン（ド）まで、いなくなってしまいました。

車をさがして、駐車場でとまどいました。でこぼこした、よごれた青いスバルがどこにも見あたらなかったので。それもそのはずで、新車なんです、あたしの車。青いスバルは、乗るたびに焦げくさい煙がたちこめて、もうちょっと安全な車に乗りたいとずっと思っていました。それがとうとう先週、衝動的に買っちゃいました。長い間、買い替えるときのことをあれこれと夢想して、中古か新車か、車種はどんなのか、ほんとにあれこれ夢想していたのに、いざとなったら衝動買いで、いちばん近いくるまやさんで、いちばん安いやつっていうのはあんまりじゃないかと。でも車は、買い替えるたびにこのパターン、車だけじゃない、ワープロも、コンピュータも、家も、ちょっと値の張るものはたいてい衝動買い、子どもも、男も、家庭をつくったりこわしたりするのも、いつも、たいてい、衝動買い。まあ、それはともかく。

免許取って一台めの車がすごく性能のいいスポーツタイプで、何かのまちがいで手に入れちゃった車でした。あたしによくなついた車でした。免許とりたての女によくもまああんなになついてくれたと今になって思います。中古だったんですが、スポーツタイプで性能がよくて。手放したとたんに、エンジンが故障して、廃車だったそうです。あたしのせいかもしれません。廃車したのがあたしじゃないってことが、せめてもです。

それを手放したあと、あたしは、どっぷりパターンにはまりました。つまりあの、いちばん近いとこでいちばん経済的な車を、衝動買いしちゃうというあのパターン。それも、どんどん分別くさく、どんどん所帯じみてくるという。

今回だって、買う前、前のおんぼろによっぽどうんざりしていたころは、フリーウエイを走るたんびにあれこれと物色して、目につくのはいつだって流線型で視線の低い二人乗りのやつでしたが、二人乗りじゃ何の役にも立ちゃしません、うちには運搬しなくちゃいけない子どもがいるんですから。そういえば、むかーし、まだ日本にいたころ、そのときは酒屋の配達みたいな青さの軽のバンに乗ってたんですが、買い替えを考えはじめたころにちょうどペットショップでワラビーを見ちゃって、ちょっと考えました。いいかもって。夢が手に入りますから。オーストラリアの草原です。五十八万だったたんですけど。ワラビー。オーストラリアの。断念した理由は、やっぱり子どもの運搬、ワラビーじゃ子どもが運搬できないと判断しました。妥当です。そしてまもなく、くるまやの店先を通ったら、きれいな軽がおいてあって、姿もよけりゃ色も渋くて、あらゆる光を吸収してるような灰色、微妙に黒じゃなくて、あたしは衝動買いしました。子どもを運ぶだけなら、軽でもじゅうぶんだったんです。

こんなふうです。いつも。今回だって、マツダのミアタだBMWだといろんな夢があったのに、いざ買うとなったら、いちばん安くて、いちばん経済的で、しかも色まで常識的な白とくるんですから、まったく。この日ざしの下なら白がいちばんなんて理由で、駐車場でいつもいつも見失うような、そんな所帯じみた車に乗って、しかもけっこう満足してるわけです。あたしの車とよその車を見分けるこつは、後部座席のベビーシートのあるなしです。食べものとよだれで、よごれによごれたベビーシート。子どもたちを乗っけて、ドーナツ買いに行った帰りに、ちょっとまわり道して大きな木のある道だとか、花の咲いてる道だとか、ラクーンの死骸のある道だとか、ぐるりとひとまわりして。性能、けっして悪くないです。走れりゃなんだっていいのかもしれません。もうあてもなく走ることもないんです。ひとりで走ることなんてましてありません。威勢のいい車に乗ってぎゃぎゃぎゃぎゃぎゃとフリーウェイを疾駆するだなんて、夢にも見ません、夢に見ようとも思いません。

いいかげんに今は駐車場にもどらないと。

現実のあたしの車は、カリフォルニアの日ざしにすっかりあたたまっていました。あたしが中に乗りこむやいなや、サングラスはたちまち汗で曇り、おっとーこれは、とあたしは思った。何か思い出して。何だったか、つぎの瞬間に思い出したのは、ラーメンを食べたときの感覚でした。どんぶりに向かう、めがねが曇る。めがねが曇って何も見えない、ラーメンも見えない、なんて考えながら、エアコンをきかせてもいっこうにサングラスの曇りは晴れないし、サングラスをとったらまぶしくてまったく何も見えないし、しょうがないから窓を開ける。空が青い。もうばかみたいに青い。

ここまで青くなくても、というくらいに青い。

ゆくてにはユーカリの木が繁っていました。

背の高い木が何本も何本も、泣きくずれているような姿で、そこに繁っていました。

ちょっとそこでまた思い出したんですが。あたしは、ラーメンなんかおいしいと思ったことないです。そういえばろくに食べたこともないです。ラーメン屋にも入らないし、つるつると長いものを食べるなら、ざるそばかそうめんを食べたいと思う。インスタントラーメンつくるときも、ついインスタント焼きそばをつくっちゃう。ラーメンがきらいなんでしょうね。あたしは、通常のめがねだってかけてません。だからこの、めがねが曇った、ラーメンを食べたという連想は、あきらかに誰かほかの人間、めがねをかけて、よくラーメンを食べる人間から入ってきてあたしにしみついた情報です。なまじそれが誰なのか心当たりがあるだけに、いやーな感じ。他人の情報や感情がたれながし的に入ってきちゃう、入ってくるのをゆるしちゃうっていうのはもうやめたいって思ってましたから。

それでなくてもカリフォルニアの日ざしです。こんな日ざしの中で、他人の情報によるそんなこまかい記憶の再現なんてきたひには、なんかもう、からかわれているというよりばかにされてるという感じで、やるせなくってたまりません。その上、クラリスがいなくなった。それでたよりない思いをしてるのは、やるせなくってたまらないと思っているまさにそのあたしです。ばかみたいじゃありませんか。そして、ばかみたいと思っているあたしが、家に近づくにつれて、どんどんユーカリの木がゆくてに繋るのを目の当たりに見るわけです。あの、泣いてるような、たれ流しているようなユーカリの木、あーあと、あたしはまた思うわけです。あーあ、です。ほんとに。毎日毎日。家から出て家に帰る、たいしたこともない用を足して帰る、何度となく。そのたびに、まったく同じ日ざしの中で、まったく同じことを考えました。考えるたんびに、もともとどこにもあるわけのない現実味が、さらに薄れていくような気がしました。

フリーウェイの両脇にも、出口にも、ユーカリの木があたりいちめんいたるところに生えほうだいに生えて繁っています、このあたりは。

うちの隣は学校で、そのさらに隣は公園で、その向かいは何宗だか知りませんが教会で、そのどの敷地も、ユーカリだらけでした。

水をうっかりこぼしてそこをさらにうっかりこすってしまったみたいに、ユーカリの木のとこだけにじんでぼやけているんです。葉も木の姿も、存在さえも、どうもはっきりしない。はっきりしないもんですから、ユーカリだらけなのは公共の土地だけです。個人の家なら、もっと存在感のある、もっと把握しやすい木を植えるはずです。散水装置をつけて、水を定期的にまいて、芝生や、実の生る木や花の咲く気を育てるのが順当です。あたしの家くらいなんです。個人の家で、ユーカリがはびこっているのは。

遠目でもすぐわかります。ユーカリの正体も、その下の混乱ぶりも、住んでる人たちの生活空間のいきとどかなさまで、わかってしまうので、わかられてたまるものか、と思う。思うことは思うんですが、あのとめどない、うすらぼけた印象に圧倒されて、手のつくしようがありません。それが、あたしの帰る家でした。

ユーカリの木の下で、敷地は荒れ果てていました。

ユーカリの木は代謝が激しいんです。成長も早いということです。それがこんなにカリフォルニア中にユーカリがはびこっている理由ときました。つまり、ゴールドラッシュの後か前か、鉄道をつくっていたときに、この木なら成長が早いからっていうので、枕木用に、オーストラリアからつれてきて、植えた。ところがユーカリは、成長は早くても木がゆがんでるんだそうです。それでただユーカリだけ残った。きいた話です。信憑性はあるのかないのか、あたしにいったのはアアロンかクラリスで、それがアアロンにしてもクラリスにしても、二人ともカリフォルニアの外から来たんですから。それであたし、それがこんなにユーカリがはびこっている理由であるかもしれないと思った。

代謝がはげしいから、成長しながらも枯れる枯れる、それはもうとめどなく枯れる。そして枯れた枝葉は、とめどなく下に落ちてきます。木そのものは上へ上へひじょうないきおいで、伸びる伸びる、葉も枝もひっきりなしに新しくなる、同時に枝も葉も木の皮も、とめどなく枯れていって、とめどなく落ちてくる。人なんてまるっきり隠してしまうような大枝ごと、とめどなく落ちてくる。容赦はありません。ばさばさ落ちてくるんですが、大きいからどこかでひっかかって宙ぶらりんになって。それにくっついて、葉も実も木の皮も宙ぶらりんで。

ほんとにもう、何もかもとめどがないのがユーカリです。花からは油がしたたり落ちてきて、それもとめどがない。においの強い、動物の性腺から出るような油が、とめどなく、鳥の糞みたいに。実は枝についたまま、地面の上でかちんこちんにひからびていって、そして風に吹かれ、枝から離れて、やがてあたりに散らばって。ああもう、とめどがないったら。うちの周囲、庭も何も、地面の上は、とめどないユーカリの、枝葉や、花や、皮や、そういったものでびっしりです。はだしで歩けば石みたいに堅い乾いた実を踏んづけるし、軽い花は何にでもひっついて離れないし。

　土地は不毛です。何も生えません。あたしは植えましたが、それこそいろんなものを、懲りずに次から次へと植えましたが、何も育ちませんでした。そうしたら、人に、いわれました。それは、ユーカリのせいですよって。それでわかりました。

　ほんとうに何も育ちません。草の根いっぽんだめなんです。南カリフォルニア全体がそうかしら。南カリノフォルニア中にユーカリは蔓延していますから。ユーカリの根のとどくかぎりの土壌は、きっとどこもかしこも、不毛です。

　ユーカリの木は、上へ上へ伸びて、風に揺れます。風は吹きますから。それももう、とめどなく吹きます。海からの風が吹きますから。それでユーカリは揺れる。もうもう、何もかもとめどなく。

　散水装置をとめたのは、数年前の日照りのときでした。ただでさえ不毛な土地、そこに少しだけ適応した植物をやしなうために、水を毎日定期的に自動的にまくのがばかばかしくなった、とアアロンがいっていました。あたしはまだそのころ、ここに住んでいませんでした。家族は日本にいて、あたしは行ったり来たりしていただけです。観光旅行者用のビザなしビザでもって、こっちに一か月あっちに三か月ってぐあいに。

　ばかばかしくなって、アアロンは散水装置をとめました。そして、カクタスを植えました。カクタスは適応しました。ぐんぐん伸びていくものもあったし、花を咲かせるのも実をつけるのも出てきた。もちろん死んで枯れたのもありましたが、全体から見れば微々たる数です。ユーカリの根の毒素にうち勝ったのはカクタスでした。

ところが植物なんでしょうか。じつに奇妙です。

形がいろいろなのはまあいいとします。存在があやふやなんです。乾いた土地のものはずなのに、海藻のように揺れるもの。影だけでできているようなもの。死んでいるようなもの。何もかもトゲだらけです。近づいただけで向こうからトゲが飛びかかってくるような、攻撃的なのもあります。その攻撃性があまりに突飛なので、またこっちに攻撃される何のいわれもないので、あたしはとまどうわけです。

そして、ペニスみたいなツボミがぼこりと。

とつぜんぼこりと、突き出してきてふくれあがり、花はじつにみごとな花らしい花というはなしですが、あいにく見えないんです。

夜の庭は暗すぎて何も見えません。何も見えないから照明をつけてほしいと、アアロンにたのんだのはずっと前のことなのに、そのうちそのうちで、まだつけてくれません。だから見えないんです。

もちろん死んで枯れたのもありました。死んで枯れたやつと生きて伸びているやつの区別がなかなかつきにくくって。水気はなく、緑の枝もなく、葉もなく、たしかにあるのはトゲばかり。それに、見えない花と。

やはり、不毛です。ユーカリの木の不毛さが、カクタスでさらに増長されて、もはや限界まですさみ切った気分、海からの風さえ、骸骨の野ざらしになってるような荒れ野を吹きわたるみたいに吹いてきて、ユーカリの木を揺らすんです。そんな荒れ地のど真ん中に、あたしは住みついてしまったような。

いいえ、ここはちゃんとした住宅地で、郊外の、ひろびろとした、アジア人は少ないんですけれど、メキシコ人ならたくさんいる、犯罪もろくにない、コミュニティの中で、少なくとも、最低限ヒトがそこに住む安全性だけは守られているっていう感じの、そんなところです。灌漑もいきとどいて、周囲の家々は緑の木でおおわれています。商店街も緑の木々。みのるレモンやアボカド、咲きほこるブーゲンビリア。でも、ユーカリの木の木立があちこちにぬううっと立ちあがって揺れている、殺伐と、不毛に。ええ、そんなところです。


ところが、ドアがひっかかってあかない。

いつもこうです。ドアがひっかかる。

そのひっかかってるとこをはずしてやるんです。さて、ドアがあいた。

ドアがあいたら、家の中に、風が吹きわたりました。ずっとむこうの方で、植物の緑の葉がそよぎました。家の中に植物が、縦横無尽に伸びていっていました。

外の光が家の中ですっかり変形して、ぴょんぴょん飛びはねていました。飛びはねている光に衝突して、ドアがばたんと音をたてて閉まりました。

もはや、蔓の先も葉も、そよりとも動きません。

家の奥、光もそこまでおよばない、風もそこまではいかない、そのいちばん奥で、アアロンが、コンピュータの画面を凝視していました。

おかえりといいました。かすかにふり向いたか、向かないか、首のあたりのたるんだ肉が微妙に揺れたか、そんなところです。そしてまたすぐ、凝視しはじめました。アアロンです。

凝視というのは、ほんとうにやっかい、なにしろかたときもモニターから目をはずさないもんですから。むりやりひきはがしたら、バリバリと音をたてて、アアロンその人まではがれていってしまいそうで、アアロンの人格ばかりか、肉も皮も、とくに皮が、アアロンの表皮はまったく、すぐはがれてしまいそうに薄くて白いんです。

空気のとどこおる、日のあたらない場所でした、アアロンとコンピュータのいるのは。空気の動きがないっていうのは、植物にとって致命的なんですね。コンピュータはいっこうにかまわないみたいです。でも、植物は、縦横無尽に蔓をのばしていってても、アアロンのいるところへ入りこんだとたんに、伸びるのをとめてしまいます。花も咲きません。繁茂しません。凝視はできますが。繁茂しようなんて、はじめから考えてないのかも。ユーカリの毒素がしみとおらないかわりに、蔓も伸びません。

　ばかでかいモニターはコンピュータにつながっていました。それが何台も何台もならんでいます。モニターはどれもこれも同じような画面を表示して、それぞれのちがいが、あたしにはわからないんです。だからしょうがない、トランプが出るやつ、麻雀が出るやつ、チェスが出るやつと、ゲームで区別してるのはあたしです。たまにそれであそびます。おもしろくも何ともないんですが。やってる間だけは、何にも考えないですみますから。それでときどきのめりました。のめると、矢も盾もたまらなくなりました。朝起きてすぐ、ゲームがあると思い、やりたくてたまらないっていうんじゃなく、いつも意識のどこかにゲームがあると思っている状態、ばかみたいですが、それでひとりになればすぐにコンピュータの前にすわってやりはじめる、やりつづけるといった。いいえほんとに、おもしろくも何ともないと思ってました。

　アアロンもやります。ずるずる起きていて、夜中まで、やっています。音は消してあります。ただカードがてきぱきと動いていくだけです。首尾よくあがって、画面中にキングやクイーンが飛びはねていても、音はしません。それをアアロンがとくべつ何の感動もないふうに、凝視している。内心ほくほく喜んでいてもです。人がやってるのを見てると、よくわかります。きっとあたしもあんなふうに、凝視してるんでしょう。そのまわりを植物の蔓がとりまいているんですね。ひそひそと、花の咲かない植物には昼も夜もありませんから、夜中だって昼間だって同じようにひそひそひそひそ、アアロンはそんなひそひそにいっこうにかまわず凝視しています。微動だにしないで、仁王のような、渋面をつくって、そうそうそんな感じ、微動、仁王、渋面、それで、うーむとはらわたをしぼるようにうなって、息をつめて、いきむんです。それがぜんぶ、アアロンの凝視。そしてそれは、昼間も夜もかわりないんですね。こんな凝視、しなけりゃいいんですけど、ほんとに。見てるだけで息ぐるしくなる。この人こんなふうにどれだけ長い期間凝視してきたのかと考えると、ほんとに。

その凝視を、取りのぞきたいと思うんです。でもなかなか思うようにいきません。なまじアアロンは動きますから、取りのぞくなんて考えます、取りのぞきたいなんて。コンピュータは重たいですから、考えません。いっそ取りのぞけるようなものだったら、だいぶましかと思うんですが。

アアロンが凝視するのは、コンピュータにかぎりません。たまたま見つめたものならなんでも凝視するんです。何時間でも。くせなんですね。それ以外に生き方を知らないのかも。ただのスナップ写真でも手に取ったら最後、凝視しはじめる、フィルム一本分の写真を見るのに何時間かかるか。テレビの画面でも借りてきた映画でも、凝視してやみません。請求書でもダイレクトメールのカタログでも。あたしでも。あかんぼでも。

さいわいなことに、あたしは凝視にうち勝ちます。あたしを見つめたら最後、あたしの動きが凝視をさまたげるんだそうです。さまたげてるつもりは毛頭ないんですが、結果としてさまたげて、結果として、凝視そのものを、取りのぞいちゃっていました。あたしはただふつうに、台所を行き来したり、トイレに行ったりしてるだけなのに、ああ目がちらちらする、おお目まぐるしいとアアロンはいうのです。

どうしてそう視界をしょっちゅう横切るんだ、どうして歩かないで飛びはねるのだ、じっとしていられないのか、足の裏が床についていたことがないじゃないか、ほんの二、三歩の距離なんだから歩けばいいじゃないか、とアアロンはいうのです。

あたし自身はいっこうにそんなふうな動きをしている覚えはないのですが、アアロンはいうんです。ほうってあります。

このごろアアロンの凝視する時間がどんどん少なくなっていってるのは、あたしたちのせいです。じつは、いい気味だなんてひそかに思ってます。本人にはとてもいえませんが。ほっとします。やっと一息つけるって感じ。いっしょに暮らしはじめてからこのかた、アアロンの凝視に圧倒されちゃって、息つくひまもありませんでした。ところが、凝視できないアアロンはどんどん不機嫌になるのです。あんまりひどいので、こんなことなら思うぞんぶん凝視してもらって、あたしが息でもなんでもつまっていた方がよかったかもと考えます。

そのうえ、凝視しないアアロンはみるみるもろくなっていくようで、あの、いつ何どきはがれてしまってもいいようなアアロンの薄皮が、ますます白く、すきとおってさえきたようにも思われます。

ここ数年でずいぶん白くなりました。年をとったんです。皺もふえた、動きものろのろしてきた、二年前に股関節を手術して、人工の、サイボーグ状態になったんですけど、加速装置はつけませんでした。加速装置のないサイボーグなんて、からっきしいけません。だからただの、人工股関節を持った男でしかないんです。それが、このごろ、ずれてきてるという話です。

わかりません。アアロンは検査してきてあたしに報告しましたが、医学用語ってむずかしいから、ふんふんときいてるふりはしてますが、どうもよくわからないのです。

とにかく、ずれてきているというのは、おそらくたしかです。そのせいだと思います。ちょっと動くたびに人工股関節の部分が中で激痛をひきおこし、にっちもさっちもいかなくなってしまうのがアアロンです。車の出入りにも不自由しているのがアアロンです。かがもうとすると、激痛が走りぬけるのです。障害者用の、駐車スペースを催保するプラカードを、むかし持っていて、とても便利でした。それさえ持っていればどこに行っても、いつもいちばん近いところに駐車できて、ほかのところが混んでいても、障害者用のスペースならあきがあって、ほんとに便利でした。もう期限が切れてしまいました。また取りにいかなくちゃなりません。今度今度といってるだけで、なかなか取りにいきません。またこんなふうに、テンポラリに、暫定的な、期限つきのをその場しのぎに取ったとしても、それもまたいつか期限は切れます。それもまた取りなおすんです。そのくりかえしです。でもいつか、くりかえしをやめることがあるかもしれません。いつでしょうね。

とにかく今は、必要です。激痛が走りぬけるんですから。アアロンの車は、背の高い四駆で荒れ野を走りまわるのに最適です。でも荒れ野は走りません。荒れ野ならちょっとドアをあけて表に出ればそこにある。アアロンの車は、荒れ野じゃなくて、フリーウェイを走りまわるのです。ただの用足しです。でもそれにはまず、車に入らなくちゃいけなくて、車に入るためには足を折りまげてかがまなくちゃいけなくて。足を折りまげてかがむと、激痛が走りぬけるものですから、足を折りまげずにかがまずに車に出入りする。それのできる車はこれだけでした。あちこちの販売店に行って、ためしてみて、わかった結果です。

激痛が走りぬけるたびに、ただでさえ白いアアロンが、ますます白い、あおじろい、髪も髭もまっ白い、その上にコンピュータの画面を凝視して一世紀を、おいおいそれは少しいいすぎ、どういう計算をしているんだとアアロンはいいますけれども、たんに四捨五入しているだけです。計算ぐらい、あたしにだってできます、その長い間を凝視して生きてきたので、日にあたることもなく、巌窟王みたいな顔色、巌窟王みたいに、白じろとしてあおざめて厳しくて、コンピュータを相手に生きてきたから人を信じるということも忘れてしまって、人に交わるってことも忘れてしまった。あたしがちょっとでもちょろちょろすると、はねるな飛ぶなとうるさいし、彼の見つめたいのは画面でしかないんですね。画面は画面で、リアリティーはヴァーチャルなわけです。身なりもかまわず、それこそほんとに巌窟王みたいに髭も髪も伸ばしたいほうだい、その髪も髭も何もかもとどまるところを知らず、白くなっていってるような気がします。

このままもっとずっと白くなって、すっかり白くなって、そうして息までとまってしまって白ーくつめたーくならない保証はどこにもないと一日何回考えることか。アアロンがあたしに、疲れた、風邪をひいた、頭痛がする、脈がとまって動悸がするとと訴えるたびに、あたしはそういうことを考えます。アアロンは四六時中訴えます。だからあたしも、四六時中考えているといってもいいんです。

ユーカリの大枝は音もなく落ちはじめました。

落ちるという夢みたいな行為を、せっかく、音もなく、はじめたのに、枝が幹から引き裂かれるときにとうとう音が、ばりばりばりばりと、木ぜんたいがまっぷたつになったようなおおげさな音がひびきわたり、宙をうならす音がつづき、その上ものにぶつかりものを壊し、結果として、ものすごい轟音をたてちらかしました。そして地面に横たわった。ところが、その轟音よりもっとそうぞうしい音が、あたしの背後に聞こえました。ぱちぱちぱちぱちぱち。

ふりかえらざるをえません。子どもがまばたきをした、その音なのはわかっていまます。

おかえり、とあたしはいいました。

子どもは学校から帰ってきたところでした。にこにこにこにこして、かばんを放りなげて、何か食べたいといいました。だって今日のおべんと、少なかったんだもんとかなんとかいってあたしにまつわりつこうとした、そのとき、とつぜん子どもの目が、ぱちぱちぱちぱちぱち、ひきつりはじめて、顔いちめんにひろがって、ぱちぱちぱちぱち、それからぎゅうっと、これは口もとが緊張する音です。あたしは文字どおり、メタファでもなんでもなく、耳を手で、ふさぎたくなりました。もちろんふさいでいられません。

まばたきのしはじめは、ものもらいでした。

ずいぶん前にさかのぼります。あたしたちがまだ日本にいたころでした。そのときもいろんな問題がもうごちゃごちゃしてたんですが、なにしろ海をわたって引っ越しでもしようかっていう変化があまりドラスティックで、まぎれちゃったというのは、まあ今だからいえることですね。それで、こっちに来ちゃったら、もう忘れてしまいました。忘れます。あたしはすぐに。いやなことはとくに。

問題は、目の前にあったので、処理しないわけにはいかなくて、それでひとつひとつ、片づけていってました。ビザとか、家庭とか、親権とか、ものの始末とか。子どもとあたしとで、本とか習字道具とか夏服冬服、通知表や住所録も、片づけなくちゃいけませんでした。それらが入っていた家そのものも、子どもの父親のことも、穏便に、片づけなくちゃいけなかったんですが、やっぱり穏便にというのはなかなかむずかしくて。それでも子どもはけろりとして、毎日学校へ通ってふつうの生活をしていました。食欲もあり、抜け毛もなく、胃潰瘍にもならず、朝出て行って、午後帰ってきて、遊んでけんかして宿題して寝るという。ごくふつうの子どもの生活です。でも、ぱちぱちがはじまったとき、ああ来たかとあたしは思いました。待ってましたとはいいません。でも、あるいは、待ってたような気もするんです。

ものもらいは、左目のまぶたの裏側だったと思います。左目が腫れ上がりました。ごろごろして気色悪かったんだと思います。ぱちぱちぱちぱちまばたきして、ごろごろする感じを振りおとそうとしていたみたいです。左目はますます腫れて、すっかり目がつぶれちゃった状態、それでも子どもはへいきでそのまま学校に行きつづけました。まだあたしたちが日本にいたころです。

あんまり腫れちゃって目がふさがっちゃって、眼帯をかけるとか眼科に行くとか、行ったら切開されるから行かないとか、流しに米粒を流しておまじないを唱えるとか、おばあちゃんに教わったおまじないはすごーく効くんだとか、いろんなことをいってるうちに、左目だけじゃなく、右目もぱちぱちするようになりまして。両目です。おまじないを伝授したおばあちゃんに、あらまあ、右目にもできちゃったのときかれて、どっちがごろごろしてる目なのかわかんなくなったから両目やってんの、なんて子どもがおどけて答えていました。そしてそのうちものもらいはなおりまして。しょせん、ものもらいです。なおります。そしてなおって、あとに、右目のぱちぱちが残りました。そしておばあちゃんは、ものもらいのなおし方は知っていても、ぱちぱちのとめ方は知りませんでした。

右目のぱちぱちだけのころはまだよかったんです。最初のうちは、右目だけだったんです。そしてそれだけなら、耳をすませていなければ、ぱちぱちなんて、聞こえなかったものです。

ところが右目をぱちぱちやってるうちに、それだけじゃすまなくなりました。目といっしょに、口を右上に、つりあげるようになりました。それから、口をぎゅっと、両端へぎゅっと、のみこみにくいものをのみこむように、ひっぱるようになりました。それから、両目をつぶりはじめました。ぎゅっ、という音が聞こえるかのようです。その瞬間、歯の奥、眼球の奥の、ずきんとする痛みをこらえるかのようです。

これはおじいさんの方の血統だからさ、とおばあちゃん、あたしの母がいいました。おじいさんの弟がみんなこういうの持ってたわ、ナッちゃんはぱちぱちして、ハルちゃんはこっくりこっくり首をかしげて、アキちゃんはくんくんくん鼻を鳴らして、ユキちゃんはぱちぱちぱちもこっくりこっくりもくんくんもぜんぶあった、いってもいってもなおらないんだから、あの人たちのは。

いったらなおるかなんて、考えていませんでしたが、あるいはアメリカに行ってってしまえばなおるかと。もちろんなおりゃしませんでした。なおるとかなおらないとか、そういうもんじゃないのかもしれません。血統と母がいったあれかもしれないし、そうならいいなと思ってました。そしてもはや、顔じゅうが動いています。その動きには少しずつ時間差があります。さざ波が顔面に立ってるようです。せわしなく、花火をやってるときのようです。そして、ときに、ぎゅっと力をこめるんです。

むだだと思います、そんな力こめなくたってと思うんですが、子どもはこめるんです。子どもの意志じゃないんでしょうね。そのとき子どもが何をしていようが、食べてようが、笑ってようが、おかまいなく、とつぜん力はぎゅうっとこもるんです。

そのときはからずも、とんでもない絶望とかたえがたい苦痛とか、そういうものがぺたぺた顔じゅうにはりつけられたように、そこに浮かぶんです。わかって表現してるのか、無意識に表現してしまうのか。たった十歳かそこらの子どもの顔に、そんなものがふいに浮かぶもんですから、あたしはぎょっとして、思わず目をそむけそうになってしまって。もちろんそむけてなんかいられないんですが。

それで、ディートリン(ド)は九十日が終わりました。

観光用のビザなしビザは九十日でした。それでもって、ディートリン(ド)は出たり入ったりしていたんです。そしてそれは、あたしもついこの間までそのとおりでした。ディートリン(ド)のカッコに入っているドについては、ちょっと気になってるんですけど、またあとで話します。

ビザなしビザは、飛行機の中で書きこめばいいビザです。そして空港で、パスポート管理のVISITORの列にならぶんです。検査官が書きこんだ紙にハンコを押して、半ぴらをちぎり取って、パスポートにはさんで渡してよこす。それによると、観光できる期間は九十日でした。

ある日、人が集まってるところで、つまりパーティーとかディナーに呼ばれてとかいうことです。これさえなけりゃいいのにと思います。悩みの種です。ここで暮らしていく上での。でもクラリスがいなくなってアアロンだけになって、外に出る機会がめっきり減りました。アアロンはああいう、巌窟王みたいな人間ですから、そういう人間と組になってるかぎりは人と交わらなくてすむ、交わらなくてすむ、すむ、っていってるうちに、すっかり人と交われなくなってしまって、行き来さえ途絶えてしまって、アアロンはきっと外につきあいもあるでしょう、股関節には不自由してもことばに不自由したりはしませんから、ちょっと外に出ていったすきに、つきあいをすまして帰ってくる。でもあたしにはありません。ディートリン(ド)が最後の人間でした。そしてディートリン(ド)もいなくなったあとは、ほんとにぱったり、何もかもぱったり途絶えて、どんなにひっそりとしてしまったかはまたあとで話します。だからこれは、アアロンだけじゃない、ディートリン(ド)もクラリスもいたときの話です。

人が集まってるところで、ビザの話になって、それがのばせたらいいなと思う、とディートリン(ド)がいいました。

移民局に電話してつながったためしがない、とそこにいた人が口々にいいました。アアロンもいいました。トムもいいましたし、トマシもアゴシもいいました。あるいは電話口で待たされて、ほんとにえんえんと待たされて、電話じゃとにかくらちがあかない、と。そういうことを知ってるんですから、それは外国人です。そこにいた人たちは、多少の例外、たとえばクラリスですが、それをのぞいては、たいてい外国人でした。

でも出国するときは、誰もビザなしビザの半ぴらなんて見ないから、チケットといっしょに航空会社のカウンターで回収されてそれっきりだから、一日や二日よぶんにいたって誰もそんなこと気にかけないと思う、とディートリン(ド)がいいました。かけないかけない、誰もこれっぽっちも気にかけない、入ってくるものにはうるさくても出ていくものはどこへでも行きやがれってのが国の方針だから、とトムがいいました。

あの半ぴらはどこへ行くのかね、誰もそんなもの見ないんじゃないの、集めちゃ捨ててるみたいに見える、とトマシがいいました。

ぜったいだいじょうぶ、誰も見ない、自分は十五年前に学生ビザで来てまだここにいるよ、とアゴシがいいました。

だいじょうぶだいじょうぶ、問題ない、とトムがいいました。

トムもトマシもアゴシも、ここではただの通行人というか、そのていどの人間ですから気にしないでください。名前からわかるように、トマシとアゴシは英語圏の人間じゃありません。トムは英語圏の人間ですがアメリカ人じゃありません。トムもトマシもアゴシも、しょっちゅう国を出たり入ったりしている人物でした。いるときはいるし、いないときはいない。いるときは会うけれど、いなくなったらそれっきり。でもまた、戻ってくれば会う。ディートリン(ド)もそうでしたし、あたしもまったくそのとおりでした。

そしてこの件について、あたしは、だいじょうぶじゃないと思っていました。

二年前にあたしは、今ディートリン(ド)が考えているのと同じことをしました、だいじょうぶと思ったわけです、空港で回収されるあの半ぴらは誰も見ないし、入るのにはうるさくても出ていくのは大歓迎だろうなんて思ったことは、トムやトマシやアゴシと同じです。

ところがそしたらだいじょうぶどころか、とあたしはみんなにいいました。ビザの切れたあとも一か月居つづけて、あたしは帰りました。誰にも何にも空港でいわれませんでした。ビザの半ぴらは、航空会社の人に、チケットといっしょに渡しました。かわりに搭乗券をもらいました。それであたしは出国したまま、すっかり忘れていました。

問題は、入国しようとしたときに起こりました。三か月か、もっと、経っていました。あたしはならぶ列から引き抜かれ、べつの窓口に送られて、そこでさんざん待たされて、面接され、知らされたのは、今回は見逃してやるが、この記録があるかぎりこういう不都合はひんぱんに起きるだろうと。

今持っているビザを申請したときもそうでした。申請した書類が返されてきて、拒否、しかし領事館に面接に来たければ来なさい、と。あたしは行きましたよ、領事館、小さな小さな窓口でした。背中を丸めて、身をかがめて、窓口に向かって話しかけなければなりませんでした。声が、マイクを通してこっちから向こうに伝わっていき、向こうからこっちに伝わってきました。領事とその通訳がいうには、移民の意思はないことが証明されていません、と。もちろんあたしは、移民の意思はありません、といいましたが、信じてもらえません。証明してもらいたい、と彼らはさらにいいました。それであたしは、持ち家がありますとか家族がいますとか、いろいろ説明しましたが、聞く耳はまったくもって持ってないわけ。こっちのことばが終わらないうちにもう通訳が口を開いて、それでは証明になりません、移民の意思のないことを証明してもらいたいんです、と。それでまたあたしははじめから、仕事は日本語関係ですとか仕事相手はみんな日本にいますとか、するとまた、そのことばが終わらないうちに通訳が、移民の意思のないことはそれでは証明できません、もっときちんと証明してください、と。いったいどうすれば証明できるんでしょう、とききましたら、知りません、あなたが考えることです、さあ証明してください、と。一回ぱす。と一瞬思ったすきに、証明できませんね、と通訳が勝ちほこって叫び、ぽんぽんぽんっと音をたててパスポートにハンコハンコハンコ、ビザ発行拒否ビザ発行拒否ビザ発行拒否、といちばん最後のページに押しまして、いま三回くりかえしたのは、あたしのが筆頭に、子どもたちの青いパスポートにもそのシルシが押されたからです。なすすべもなくぼうぜんとしているうちに、窓口はとじました、目の前で、ぴったりと。

あたしは、駅からアアロンに電話しました。駅から国際電話ですから、もうやかましいのなんのって。隣の電話機では誰かが大阪弁で甲高い声でお歳暮のお礼をどなりちらしていたし、アナウンスや音楽や信号音や泣き声やわめき声や、空間中が混雑をきわめてました。

つながった向こうはカリフォルニアの宵の口で、アアロンがまだ凝視していたはずで、凝視しながら受話器をとったアアロンが、思わずうめきました。ジーザス。ユダヤ系のいうことばかなとあたしはつい思いましたが。

シットとかダムとかいうアアロンの表現、いつもいうんですが、それがその日に限って、ジーザスだった。これはきっと、めったいない感情の表現なんだろうと。

結婚しかない、と、ジーザスにひっかかって、そこでいろいろ考えているあたしの気持ちには無関係に、アアロンは深刻そうにいいはなちました。

ところがそれがむずかしい事情がありまして。まったく。アアロンはアメリカ国籍じゃなく、妻帯者なんですから。

むりやり結婚するんだ、とアアロンはいいました。したくなくてもするんだ、明日の朝イチにまず弁護士のところへいって、とりあえず離婚交渉をはじめる、返すかたなで帰化申請の手続きもはじめる、とアアロンはいいました。自分がアメリカ人になってそれと結婚すれば、おまえは配偶者ビザを自動的に取れるんだ。

そんなことして故国に帰れなくなったら、とあたしはいいました。将来帰りたくなったときにどうする。

帰りたくなんかぜったいにならない、とアアロンはいい切りました。

まったく、ビザなしじゃどこにも住めません。

そこにいられないという問題は、どう暮らすとかいうのよりずっと根本的です。

そして結婚という問題もまた根本的です。

結婚と思ったら、すごくうきうきしてきました。はは、ばかみたいな話ですが。結婚っていうのは何回きいてもいいことばだ、ハレやかな誘惑だ。自力でビザ取るより、結婚の方がずっといいかもとあたしは思いました。なんか、これだから、だめなんです。あたしは、ゆくてに、結婚にまつわるいろんな楽しいことをこまごま考えながら、うちへ帰って、だめだったよ、と子どもにいいましたけど、なにしろうきうきしてましたから、事態の深刻さは伝わってなかったと思います、子どもはあいかわらずふつうの、子どもの生活をつづけていました。食欲もあり、抜け毛もなく、じんましんも出ず、朝出ていって、午後帰ってきて、宿題やって遊んでけんかして寝るという。ふつうの生活、いいえとんでもない、子どもにものもらいができたのはこのころでした、し、それがぱちぱちに移行したのもそのころです。飲みこみにくいものを飲みこむように、ずきんとする痛みをこらえるように、顔をゆがませるのが加わったのもそのころ、じっさい、あたしたちは宙にほっぽり出されたまま、ぷかぷか浮いているってな感じでした。母は結婚を考えてうきたち、子どもは何にも考えてませんでした。

ビザは取れました、一転して。あたしを受け入れることになっていた大学側が、領事館に抗議してくれました。そしたらすぐ、たちまち、ほとんどその日のうちに、大学側が抗議の手紙を領事館にＦＡＸしたかしないかのうちに、ビザは発行されてました。それであたしはこっちに入ってきたわけですが。そして入ってきたとき、あたしは空港で、またまたならぶ列から引き抜かれて、またぞろあの窓口に送られて、何もかも不法滞在の記録が出ているせいです、といわれました。それでやっと、あたしは思い知りました。

このビザが切れたときには、もはや観光旅行者用のビザなしビザでは入国できないでしょう、とさらにあたしはいわれました。記録はコンピュータから消えないし、どこから入ってきてもコンピュータにはきっちり出るんです、コンピュータは何も見逃しませんから、残念ですけどって。

どうしようもないんでしょうか、とあたしは弱気になりました。なにしろこっちは子連れです。弱気にでも何でもなってみせますし、やらなくちゃいけないことは何だってやります。そしたら窓口の役人は、こういいました。

領事館に行って、六か月ずつの観光ビザを取るんですね、しかしそのとき、あなたは、移民の意思のないことを証明しなければいけませんよ。

それはまさに、あたしが証明しようとして、あんなに証明しようとして、それでもしきれなかった、あれです。いまだに、どういう証明のしかたがあったのかわかりません。わからないんですから、証明できるはずもないです、まったく。

そうやって入国してみると、アアロンの帰化の手続きは、ワシントンに送られたまゝうんでもすんでもなく、弁護士への支払いはとっくにすましていたのに、かんじんの手続きの結果の方はうんでもすんでもなく、つまりアアロンはまだアメリカ人でもなんでもなく、離婚の訴訟ははじめから難航して、感情的にも金銭的にも、焦げついてごたつきかえっていました。毎日、別居妻と攻撃的なＦＡＸのやりとりがありまして。毎日、弁護士から電話がかかってきまして。あーあ。それをまた、アアロンがあの凝視する目で凝視しながら、あたしに報告するんです、ほんとにあーあと思いました。

だいじょうぶだいじょうぶ、何もかもうまくいく、とトムがいいました。ぜんぜん問題ない。

それであたしがいいました、いえーす、ある、いっぱい、ある。

のー、ない。

トムがモンティパイソンのまねをはじめたもんで、ついのっちゃいました。いえす、ある。

のー、ない。

いえす、ある。

こんなオドケにのっちゃって、後悔したのはあたしです。どこまですべっていくかって感じでした。目前には恐怖さえありました。ことばは、恐怖です。ふつうの冗談さえわからなくて困っているのはいつもあたしです。笑うに笑えないのはあたし。「のー、ない」のあとに、さてトムがどう出るかかいもく見当がつかなくって、トムがいうことにもきっと笑うことができないでどぎまぎするばかりかと思うと、いえす、あるといいながら、まったく同時に、みもよもない思いをしてました。

のーのーのーのー、とそこにトマシが割って入ったので、あたしはほっとしました。あんまりほっとしすぎて、そのあとみんながいってたことなんかまったく耳に入らなかったんです。

だいじょうぶだいじょうぶといい切っていたのは、男たちでした。たまたま男だったのかもしれません。女だっていました、そこには。クラリスもいたし、カレンというはじめて会う女もいました。女たちはたまたま知らなかったのかもしれません、何もいいませんでした。

カレンは、この場合、男たちよりもさらに通行人的な存在でしかないんですが、とつぜんその話し方がひじょうに奇妙だったのを思い出したのです。

カレンが、しゃべるたびに、目を見ひらき(信じられない)、唇をゆがめ(うんざりする、あきれる)、のけぞり(たまらない)、唇をすぼめ(ばかばかしい)、カッコの中はあたしの翻訳です、その顔の動くのを凝視して、あたしは、その身体ことばにはこんな意味があるんじゃないかとあてはめてみてました、もとよりいってる言語のことばをぜんぶわかってるわけじゃありません。だから、つい、その顔の動くのを見てました。

同じように顔を動かす人を知っていました。それはアメリカ人で、女で、カレンと同年輩でした。だから、世代的なものか地域的なものかと考えて、カレン、と、あたしにしてはめったにないことだったんですが、話しかけました。カレンのレが、LかRかわからなくて、いつものことですが、あいまいに発音しちゃったから、なかなか気がついてもらえませんでした。そのようすをクラリスが見てました。そして笑ってました。クラリス《CLARIS》と発音するたびに、Lに、口蓋がくすぐったいんです。Rで、ほっと緊張がゆるむんです。そういう思いを何百ぺんもしてます。それでやっとカレンに、通じてみれば、地域も世代も、国さえちがうということで、カレンもまたアメリカ人じゃなかったわけです。ただ英語ってことだけが共通してました。それじゃいったいなんなんでしょう。それほど奇妙でした。なぜこんなに動かすんでしょう、人に何かを伝えるだけなのに。あたしはそればかり見つめてました。

うちの、あの、ぱちぱちする子ども、あの顔のゆがむのとどうちがうんだろうと考えてました。

子どものは不随意で、カレンのは随意です。子どものには感情が入ってなくて、カレンのは感情の表現です。さてね。ほんとうかしら。子どものも、表現のように思えるんですが。無意識の奥底はほんとうに恐怖や苦痛とかでいっぱいなんでしょうか。表面のあたりは楽しいことやおいしいことでいっぱいなのは、あたしは知ってるんです。カレンが、信じられないわというときに目を見ひらき、たまったもんじゃないわねというときにのけぞるのと同じように規則的に、子どもの顔もゆがむんだとしたら。

いやあれも表現、子どもは、顔を動かすことで、自分の感情をきちんと表現しているんだよ、とアアロンがいいました。あたしはそうは思いません。まったく思いません。子どもは、腕いっぱいにかんづめ状の感情っていうものをつみあげて、運んでたんです。そしたらバランスをくずしちゃって、くずれ落ちてきました。そういう状態です。感情も表現も、多すぎて、今はただ外に排出してるだけなのかもしれません。ビタミンCを取りすぎると、みんなおしっこになって流れ出してしまうようにです。

買い物に行くたびに、見るんです。ずっと下りてゆく道。それからうねうねと曲がってゆくんですが。ゆくてに、低い土地が見わたせます。低い土地はぼやけていますから、ユーカリが生えているんだろうと見てとれるんですが、近づいてみると生えてるどころじゃない、ものすごくて圧倒されます。はんぱなユーカリの量じゃないのでした。空なんかまるで見えないくらいなのでした。道の右から左から巨大なユーカリの木がおおいかぶさってきて、昼間でも薄暗いんです。ずっと下って、それからうねうねと曲がったりとぎれたりしてゆく道が、どこもかしこもそんなふうでした。ユーカリのジャングルの奥深くに、てんてんと、人の住む家が潜んでいました。ディートリン(ド)はそのあたりに住んでるはずです。いえ、そこに住んでいたところで、めったに会うわけじゃないですが。

買い物に行くたびに、「今日はどう？」って、お店の人に、すごくナイスにいわれて、そのたびにあたしは、そのままそっくりそこに何もかも置き去りにして、お店から出ていこうかと思って、その衝動、抑えるのに一苦労です。ほんとに。なんとか抑えて、お金を払って、いざ立ち去ろうとすると、また「いい週末を」なんていってきて、なんだか背中からあたしの週末がねらいうちされたような気持ち悪さ、あたしは向きなおって、真っ向からたけ割に、たたっ斬ってやりたいと思う、たたき斬る対象は、なんでしょう、レジのその人じゃありません、英語かも、英語の空気かも、こんなふうですから、人としゃべって楽しいわけがない。パーティーでも、どこでも。

それなのに、ディートリン(ド)ならしゃべれたんです。クラリスがいなくなってからというもの、しばらく、しーんとした中で、アアロンとだけしゃべって、生活していました。そしてある日、ディートリン(ド)から電話がかかってきて、しゃべって、長い間しゃべって、電話ちょうだい、よかったら、といわれて、だってあたしもすごく孤立した、誰ともしゃべらない、英語だって使わない、無人島に住んでるみたいに生活してるからって、ディートリン(ド)が、あたしがいうようなことを自分からいうので。ディートリン(ド)に向かってしゃべるときには、あたしの英語が、何にも束縛されなくなって宙にまいあがっていくような気がしました。だからいわなくていいことまでしゃべっちゃったりしました。クラリスにむかって語りつづけるときの感覚ともちがった感覚だったのです。

はじめてディートリン(ド)に紹介されたとき、それはクラリスのところでした、あたしはその名前を、ディートリンと聞き取って、そう発音して、ちがうちがう、ディートリンドと何回もいわれましたから、ああそう、ディートリンド、と納得はしたんですが、やっぱりあたしの、アタマは理解してても、口が納得してないみたいで、発音できないんです。最後の子音だけのドが、どうしても日本語の、母音のオのくっついた、どおんと横たわった、どすこいって感じのドになっちゃって、クラリスやほかの人たちの発音してるディートリンドとは、ずいぶん違うふうに聞こえる。それであたしはディートリンと発音することにしました。そして最後のドは、カッコに入れて、飲みこむ。たんたんたたたたん、と口に出して音符を読みながら、たたたん、ウン、と最後の休符を、口の中に飲みこむときのようにです。

ディートリン(ド)はちっともしゃべりませんでした。しゃべらないんじゃなくて、しゃべれないんだと知ったのは、ずいぶんあとです。ディートリン(ド)が、しゃべれるようになってからです。はじめて会ったときは、にこにこしているだけの誰かの恋人、ただのあほに見えました。いや、そんなことはない、しゃべらなくても、ディートリン(ド)はディートリン(ド)で、あの意志の強いところとか、頭の回転の速いところとか、こっちにはちゃんとわかってたんだとクラリスはいってました。ほんと、ちゃんとわかってた、おまえのことだって会ったなりに何もかもちゃんとわかった、とクラリスはいってました。どうだか、とあたしは思っています。しゃべらなきゃ、何も伝わりません。でも少なくとも、クラリスはそういってくれたわけで、それはクラリスです。クラリスには、語れば語っただけ吸収されていきます。アアロンにたいしてもあたしは語りつづけましたが、アアロンとはセックスもしましたから。クラリスとはセックスしてませんから。

あたしも長い間、まったく長い間、あのころのディートリン(ド)と同じく、ものをいわない、ただにこにこしているだけのあほでした。たぶん今でも、そんなふうです。はじめからわかっていたってクラリスはいいましたが、どうだか、とあたしは思っています。しゃべらなけりゃ何も伝わらないっていうのは、ディートリン(ド)やあたしこそ、実感しているんですから。たいていの人は、辛抱強くないのです。ことばのしゃべれないもののことばを待つってことに。いつまで待たされるかわからないし、待ったところではたしてきちんと理解できるかもわからない。待ったあげくに理解もできないときたひには、たまらない、大きなカオス的な恐怖がそこにぽかりと穴をあけているようで、いったんひきずりこまれればもう二度とあがってこられないような、恐怖の持つどす黒いものにこっちまで汚染されてしまうような、ああいやだな、へんなものにかかわっちゃったな、どうしたら逃げおおせるかなんて思って警戒してるのが、表情から見てとれるんです。いきおい、こっちはしゃべりません。ただにこにこしてるだけです。人が笑ってても笑えません。なんにもおかしくないですから。くそまじめな顔ばかりしてるのもなんだと思って、あたしは最初のうち、あっち見たりこっち見たりしてましたが、最終的に、見つめることにしました。そのときしゃべっている人の口元を見つめました。

口が動けば、その動きで、耳が聞き取れなかったことばも見て取れました。だからあたしはいつでもどこでも、人が話しはじめるやいなや、その口を見つめました。くだらないことを話している人の口も、おおいに見つめました。何がくだらなくて、何がくだらなくないか、あたしにはわからなかったんです。だからとりあえず、何もかも。目の前で人がしゃべれば、もう自動的に。くだらない話をしている最中にあたしに見つめられた人は、やるせなくどぎまぎしてました。悪かったと思っていますが、しかたがない、口が動きさえすれば、あたしは見つめました。

それは、いまでもそうです。

食いつきそうな顔、とディートリン(ド)にいわれました。

食いつきそうな顔して、歯医者みたいに口の中をのぞきこむ、とディートリン(ド)が笑いました。こっちだって英語の発音に自信がないのに、そうのぞきこまれたら、教科書でならった発音記号思い出してでも、正確な発音しなくちゃいけない、とディートリン(ド)が怒りました。声のない世界にいるみたい、とディートリン(ド)が。

そういうディートリン(ド)だって、話についていけなくなると、あたしたちをじっと見つめました。ほかの人にはわからなかったでしょうが、あたしにはわかりました。ああ、ディートリン(ド)が、ことばを見失って、見失ったことばを追いかけているのだっていうこと。まわりに飛び交ってることばを、見きわめようとしてるんですね。あるいはつかまえようと。それを手がかりにしてぐいっと、話の流れに入っていくんです。ディートリン(ド)が見失ったことばを見つめている、そういうディートリン(ド)をあたしが見つめる、この、目の大きい口も鼻も大きい、背の高い女が、まるでぽかんとテレビの画面を見つめてる二歳児のあかんぼみたいになってるのをあたしは見るんです。

ディートリン(ド)は、大きい口をしていました。目はひらいたとこをすかさず糊づけしたみたいで、鼻はもりあがるわし鼻でした。それで、息せききってしゃべるんです。息せききってたどたどしいんです。あたしもたどたどしいんですが、そのたどたどしさとはぜんぜんちがったたどたどしさ、それは、あたしたちの持ってる言語のちがいか、ディートリン(ド)とあたしの、能力のちがいか、性格のちがいか、ただの癖なのか、わかりません。

ディートリン(ド)は出国して、あたしはあの下り坂を見おろすたびに、ああいないな、と思っています。そう頻繁に会っていたわけじゃないんですけど、とにかくそこにディートリン(ド)は住んでいて、あたしはディートリン(ド)を知っていました。

帰る前の日にディートリン(ド)は、とつぜん、前触れなしに、犬を連れて、うちにあらわれました。毛の抜ける時期で、しかも月経中なのよ、としきりにいうのをすめて、犬ごと家の中にまねきいれました。ちょっとあいさつだけと思って、明日帰るから、もうしばらく会えないから、とディートリン(ド)がいいました。ビザが切れちゃったらもうしょうがない、外に出るしかないから、こういう三か月三か月でひきちぎられる生活はもううんざりなんだけどって。

恋人もいっしょに連れていくし、もちろん犬も、あはは、誰が誰を連れていって誰が誰に連れられていくんだか、どこに帰ってどこに行くのか、とディートリン(ド)が、ちょうどごはん前にちょっと寄っただけのディートリン(ド)が、じゃ、ちょっとだけワインで乾杯てことになって、ワイングラス持って、そういいました。

こんどはいつ帰ってくる、とあたしはききました。

移動するといろんなことを忘れちゃって、とディートリン(ド)がいいました。向こうについたとたん、こっちにいた間に考えてたことをけろりと忘れる。

そうそう、とあたしがいいました。忘れる、あたしも忘れる。

忘れる、忘れる、何もかも忘れる、で、一か月でも二か月でも暮らしているうちにまただんだん積み上げていって、生活にしても記憶にしても、やっと落ちついて、何か考えはじめる、そのときに移動する、そして忘れる、とディートリン(ド)がいいました。

ごはさんにねがいましては、というあの声、東京の裏町の、路地を入ったとこの、そろばん塾から聞こえてきた男の、胴間声の、あの声。

それは、ほんとに忘れるんです。どんなおもしろいことを考えついても、忘れちゃいけないような大切なことでも、忘れてしまうんです。空港の外に出て、あの、かんかんに晴れわたった空の下に立ったとたん、何もかも、きれいさっぱり。車や飛行機が揺れる、その衝撃で忘れちゃうんじゃないかと思います。幌馬車に揺られても、らくだに揺られても、同じように忘れていくんだろうと思います。波間に揺られていても、忘れていくんだろうと。あたしなんて、今までここに一か月、日本に二か月といううぐあいに、まるで回遊生活みたいな生活をしていました、環太平洋です、まぐろやかつおみたいなものです。するとほんとに、まったくディートリン(ド)のいうとおりに、移動するたびに忘れるんです。かつおもまぐろも、それからくじらも、こんなふうに忘れながら回遊してるのかもしれません。もうたくさんと、とうとうあたしは思ったわけです。

業務用サイズで食料品を売ってる、卸問屋みたいな店が、あちこちにあります。あのころ、回遊してたころ、そういうとこの、ジャムやマヨネーズの、ばけつみたいな容器を見るたびに考えました。定住生活について。夢みるといってもいいほどでした。あたしは、ひとびんのジャムを買うのに、ここにいる間に食べきれるか食べきれないか、いつも計算していました。日本でもこっちでも、どこででもです。ジャムを食べきれるかどうか心配せずにジャムのびんを買うっていうのが、あたしにとっての定住生活の意味でした。それでとうとう、ビザ取ってこっちに、子どもを連れてやってきて、定住っていうのかしら、これがほんとに定住かしら、むしろ漂流っていう感じなんですけど、アアロンともども。ロビンソン。

ロビンソン。スイスの家族ロビンソンって、昔、読みました。つまらないおはなしでした、家族で漂流したって意味ないじゃないかと子どものころ、あたしはそれを読んで思いました。そういうものから自由になりたくて漂流ってするわけだからと。でも、やってみたら、あんがいこんなものかもと思いました。家族ロビンソン。

　ねー、ディートリン（ド）。

ディートリン（ド）と発音するたびに、Ｌに、口蓋がくすぐったいんです。休符のＤを、口の中に飲みこみそこねてつっかえてしまうんです。そういう思いを、ディートリン（ド）を呼ぶたびに、しています。

　考えとくわ、あたしも、定住について、とディートリン（ド）がいいました。いつだって新規まき直しってとこが気にいってたんだけど、こう人生がぶつ切りになっちゃったら、新規まき直してばっかりでちっとも先へ進まない。

　それで、こんどはいつ帰ってくるって、とあたしがまた。

　三か月は向こうにいるつもりだけど、どうなるか、とディートリン（ド）はいいました。一か月あっちにいるとどうしようもなく煮つまってきて、飛行機のチケットを貰いに走っちゃう、それが今までのパターンだった。

そうそう、あたしもそうした、ほんとにそうだった、そんなふうにチケットを買いに走った、とあたしがまた。

そうでしょ、そうなのよ、そういうもんかもしれない、そうやってだんだん周期がせばまってって、今じゃもう、一週間おきに行ったり来たりしてるみたいに感じる、とディートリン(ド)がいいました。そこにかつかつ。

犬です。爪のある足の、足音です。かつかつ。犬が床を歩くたびに、かつかつと爪が床を打ちました。堅い音がひびきました。てんてんと血がたれました。それから、毛が抜けて、床に降りしきりました。大きなシェパードでした。かつかつと床が鳴りひびき、血がたれて、毛がたえまなく降りしきりました。

アアロンの股関節がかくかく鳴るようになったのは、ここ数週間のことです。それとともにアアロンの激痛はましてきて、ええ、運転は支障ないんですが、もはや車から車へ、車から建物へ、移動するのはままならない状態、それでとうとうアアロンは免許センターへ障害者用のプラカードを更新しにいきました。

プラカードを更新したいといったら、テンポラリの赤色じゃなくて永代使用の青色がほしいだろうっていうから、もちろんといったら、たちまちそれを発行してくれた、と指さしたのが、車の運転席の前にぶらさがっている青いプラカードでした。なんだか昇進したような気分、とアアロンがいいました。

これで水族館の駐車もフリーになる、とあたしはいいました。覚えてる、むかし赤いプラカードを持ってたときは料金をとられたじゃない。

じゃ行こう、水族館、駐車料金がフリーだから、とアアロンはいいました。おとな八ドル、子ども五ドル、三歳以下フリーで、家族ぜんぶで合計二十一ドル、でも駐車料金はフリーだからすっごく安あがり、とアアロンはいいました。

あたしが気づいたのは、セックスしてるときでした。音は、セックスしているときにかぎって鳴るんです。かくかく、かくかく。

何よ、この音、と飛び起きると、気にしない気にしない、といってアアロンはつづけます。でもまたすぐに音が鳴るんです。かくかくかく。鳴りつづけますから、気が気じゃありません。ベッドがきしむとか、家の中のどこかで機械がうなるとかいうのではなく、もっと近いところでそれは鳴り、あたしの目の前にある肉体でそれは鳴り、肉体の内側から肉を通過してひびいてくるのを聞き取れるのです。肉の中に密閉されてるという湿り気が、音にあるんです。きもちのいい湿り気じゃありません。

なんなの、これ、どこから聞こえてくるの、とまた起きあがると、だいじょうぶだいじょうぶ、とアアロンはいって、ほらほら、こんなこと気にしてたら何もできないから、といって、さらにつづけようとするんです。

だって痛いんじゃないの、とききますと、そりゃ痛いけど、といいます。今にかぎったことじゃないから。

日中もずっとかくかく鳴ってるんだけど、日中は音があたりに充満してるから、もうあちこち、あたりいちめん音に音が、だから聞こえないし、気にもならない、ほらさいわいなことに自分はちょっと耳が遠いし、なまじしずかなとこで集中してこんなことやってるからうるさく聞こえるだけだって、ほんとに気にする必要はまったくないんだから、とアアロンはいいました。

それであたしにはなんでアアロンが、あの青い永代使用のプラカードをやすやすと手に入れることができたか、わかりました。音が聞こえたんです。

そのときアアロンは、障害者用のプラカードを持ち合わせてなかったので、ふつうの駐車場にとめて車を降りて歩いて行ったのですね。腰は鳴りひびいていたはずです。一足歩けばかくり、二足歩けばかくりかくり、彼が建物に入るずっと前から、建物の中の人々には、かくりかくりと近づいてくる股関節の音が、聞こえていたのです。テストを受けにくる人々がひっきりなしで、ひっきりなしに車が出入りして、かなり騒々しい場所だったんですが、アアロンの股関節はどんな騒音も上回り、建物の中いっぱいに音はひびきわたったわけです。免許センターの人はすっかりおそれをなして、そくざに、永代使用の青いプラカードを発行して、アアロンを追いはらいました。一足歩けばかくり、二足歩けばかくりかくり、アアロンは遠ざかっていきまして、免許センターの人たちはほっと胸をなでおろした次第、アアロンはプラカードをミラーのとこに、まるで日本人が神社のおふだをぶらさげるみたいにぶらさげて、そうしてぶううううっと、健常者用の駐車場から走り出しました。

そう、そのとおり、とアアロンはいいました。

痛いのは痛いけど、だからびっこひいてるんだけど、だから首尾よく永代障害者に認定されて便利な思いしてるわけだけど、とアアロンがいうので、あたしも納得して、そのさきをつづけようとしましたが、どうも耳元で音が鳴る。耳元じゃなく、股関節ですから、鳴ってるのは、あたしに組合わさった足のつけ根の奥なんですが、あいにくの静寂に、まさにあたしの耳元で、鳴りわたるような気がする。

かくかく、きしきしきしきし、きーこきーこ、すくいーきーすくいーくー、いろんなふうに音を変えて鳴りわたるような気がする。

そうこうしているうちに、アアロンが腰の向きを変えた。アアロンは何も考えずにやったことですが、向きを変えた。そしたらそのひとひねりに、いきなり、股関節そのものが崩れおちたかのような轟音が、かっくん、家中に鳴りひびいたのです。

庭師が庭先の花をひっこ抜きました。

ああ、アアロンの股関節。あれはあのままです。かくかくいってますが。まだ検査の結果がはっきり出ていないんですが、どうも、早晩、再手術ってことになるみたいです。サイボーグの股関節は、たった二年しか持ちませんでした。

それで花のことですが。ひっこ抜かれました。

たいしたことじゃないんです。植えた花じゃなくて、自然に生えてきた花で、もしかしたらほんとうにそれは、庭師のいうように雑草かもしれないんです。庭師は雑草だといいました。雑草は抜く、と。それはそうかもしれない。庭先の雑草です。咲いてればきれいだと思うし、咲いてなければ忘れています。でもその花は咲いていました。

たいしたことじゃないんでしょうけど、雑草なんて、でもいやになっちゃうんです、ときどき、むしょうに。いやになっちゃうのを回避しようとしたら、こんどはつもりつもった不自由さが、とほうもなく大きく見えてきて。

相手は庭師でした。二週間にいっぺんやってきて庭をきれいにする。そのたびに出ていって、お金を渡して、ちょっと立ち話をする。あたしにとってそうやって、顔を見ればあいさつしてちょっと立ち話をする相手なんて、あとにもさきにも、この庭師ひとりっきりでした。声のとても小さい、おだやかな話し方をする人で。

子どもはどうしてるかとか、こないだ郷里に帰ったとか、そんな話、ほんの一、二分の話。居心地のいい会話じゃないです、共通の話題があるわけでもないし、相手の声は小さいし、英語もたどたどしいし。二回三回聞きなおさないとわからないんです。だから庭師の来る朝は、庭師としゃべらなくちゃならないと思うと気が重いです。でもあたしがこんなふうにちょっと立ち話をする相手といったら、庭師だけでした。

庭師が来たのは、電動吹き掃除機の轟音でわかります。その日もそれが聞こえて、いつものことですから、そしたらぱたりと轟音がやんで、いいえどうってことはない、あらやんだ、音がやんだと思って、何気なしにあたしは、ブラインドのすきまからのぞいてみたんです。そして、庭師が花をひっこ抜いているのを見ました。

マツバボタンの枯れそこなった茂みから、すっすっと茎が伸びて、いっせいに太陽の方角をむいて、黄色い花を咲かせています。それをひっこ抜いていたので。

あたしは、へいっと叫んで、外に飛び出して、へいっへいっと叫びながら、走っていきました。もちろんまぬけたことばだとは思ったんですが。ちょっとちょっと、にあたるものといったら、へいへい、だと思ったわけで。で、見たものは、無惨に根だやしにされた花であり、茎であり、その根っこであるのです。

あたしはその花の、名前さえ知ってます。

オキザリスといって、本にも載っているんです。「ハウス・プラント」という本。写真入りで。一日に何度も、あたしはその本の、うちにある植物たちの項目をひらいて見てるのです。オキザリスの項目も見てます。

それでオキザリス。カタバミによく似ていて、葉が群生して、茎がすっすっと宙に伸びて、そのてっぺんに花が咲くんです。黄色で、鈴型の花、風に揺れて、茎ごと、りんりん、りんりんとしきりに鳴るように見えました。

日本に住んでいたとき、雑草みたいに強いからどこにでもつくわよといって、となりの奥さんが数株わけてくれました。あたしの庭には、カタバミもクローバーも植えてあって、植えたんです、野から取ってきて、それでどれがカタバミでどれがクローバーか、ちょっと見には区別がつかないところが得意の庭でした。そこにオキザリスも植えこみました。それでますます、どれがカタバミでどれがクローバーでどれがオキザリスだか、日あたりのせいでクローバーはいけませんでしたが、カタバミは繁茂しました。

あたしの今話してるのは、日本にあった、あたしのうちの庭です。ここの庭のことじゃありません。まちがえないでください。

その庭にはヨモギやヨメナも着実に育っていました。ドングリから芽を出したカシの稚木もすくすく伸びていってました。日陰にはドクダミが清楚な花を咲かせました。つまり、庭は、荒れ果てていたといっていいんです。得意の庭でした。そっくりそのままあそこに、置いてきました。

とにかくクローバーはいけませんでした。でもカタバミは育った育った、そしてそれにまじって、オキザリスも育ったんです。みんな似てるので、もうどれがどれだかわからない状態でしたが、あたしの頭の中では、まずオキザリス、それからクローバー、最後にカタバミと順番がありました。オキザリスは園芸種でカタバミは雑草と、区別があったのか。外来種と自生してるものという区別があったのか。カタバミはときおり抜いてました。でもオキザリスは、抜かなかったんです。

とにかくオキザリスでした。ここで、庭師がひっこ抜いたのは。あたしは、さらに、へいっへいっと叫んで、庭師につかみかかりました。

それからあとは、たいして話すこともないです。あたしは駆けつけてきたアアロンに取りおさえられました。

庭師はそれまで、ろくにしゃべれないおとなしい東洋人の女と思っていた人間からとつぜんつかみかかられて、さぞかし度肝を抜かれたらしく、息がいつまでも、はずむのをおさえられませんでした。息をはずませて庭師は、雑草だから抜いた、といいました。ここの庭をクリーンにするのが自分の仕事である、と。

クリーン、何がクリーンだ、とあたしはいいました。葉は緑で茎も緑で咲く花は黄色だ、それはプリティとはいわないか、プリティなものをわざわざひっこ抜いて、何がクリーンだ、とあたしはさらに。

そういえば庭師の仕事は、ほとんど、落ちたユーカリの枝葉を吹きあつめて掃ききよめることでした。

そしてそういえば、この庭師に、出たばっかりのカリフォルニアポピーの芽を抜かれたことがあります。まだ芽が出たばっかりで、愛着もそれほどじゃなかったんですね、だから、おじさんわかってないんだから、ですんだんです。

そこ、家の前に、小さな花壇があります。マツバボタンの群生が一年中花期なんだか枯れてるんだかわからない状態、それからヤシの木が二本、これはもう成木です。

気になりません。ジャスミンが数株、あたしが植えたんですが、しなびています。花壇の外にススキが一株、巨大に増えひろがっていました。穂はまっ白にふくれあがり、風で、そこいら中を飛びまわりました。その小さな花壇に出てきた芽でした。

そういえば、その穂のいちばん白かったときに、これを切ってしまえと、庭師はあたしに、れいの小声でもちかけたことがありました。

カリフォルニアポピーは、だめもとで種をまいたんです。子どもに手伝わせて。ひどいやせ地で。掘り起こすのもむずかしいような。でも、カリフォルニアですから、カリフォルニアポピーの自生地です。だめもとでも勝算はあった。そして芽が出て、ああ出た出たと思っていたら、庭師が来て、きれいさっぱり片づけていきました。

オキザリスも植えたわけじゃありません。あるいはこれも、自生地だったのかもしれません。ここ数週間でぐんぐん伸びて、毎日十センチ、二十センチと、茎を伸ばすんです。そしていっせいに太陽の方を向くんです。その長い茎がぜんぶ。花はあざやかな黄色でした。あたしは毎日、ああ咲いた、また咲いたと思っていました。この小さな花壇には手動ですが散水装置があって、蛇口をひねって出して、ひねって止めるやつ、そんなめんどくさいことも毎日やってました、オキザリスのために。

今日は風が強すぎて作業ができない、と庭師はアアロンに、おだやかにささやいて帰りました。それっきりもどってきません。

おだやかな感じの人でした。何をきいても、知らない、と小声で答えました。ブーゲンビリアがしおれてきたときも、オレンジの植えかえのときも、きいたんですが、知らない、と庭師は答えるばかりで、しょうがないからあたしが自分でやりました。それでどっちも、枯らしてしまいました。

それだって、前の庭師よりずっとましだったんです。前の庭師は年取って、歩くのもよぼよぼしてました。やっぱり吹き掃除機を持ってきて、轟音をたてて吹きちらしていましたけれども、庭は荒れ果てていました。何を話しかけても、シ、シ、と答える。シ、シ、じゃしょうがないんです、シ、シじゃ。わかってるのかわかってないのかもわからないじゃないの、と思うそばから何もかもが、吹き掃除機の轟音に吹き消されていくんです。そこであたしも、英語の発音をはりあげなきゃならない。こっちだって英語はおぼつかないわけです。それを一所懸命、ほんとは家の中に隠れていたいのを無理して外に出てきてしゃべっているのに、庭師は、シ、シ、ここに住んで何年になるか知りませんけど、いまだに、シ、シ。こっちが日本語使ってるならいざしらず、あたしはなんとかコミュニケートしようと英語使ってるのに、シ、シ、ですから、まったく。

それは、アアロンが躊躇しました。解雇のことです。年取った男に年取って仕事ができなくなったからやめろなんて、年取った男としてとてもいう気になれない、とアアロンはいいました。躊躇してるうちに、ますます庭は荒れ果ててきて、とうとうアアロンもがまんできなくなって、もう今日こそはやめてもらうと決心した日に、庭師は来ませんでした。拍子抜けしました。どうしたのか、思えば思われるっていうから、こっちの気持ちを察したのかと思っていたら、数日して孫がやって来ていうことには、庭師は心臓発作で入院中だと。まあ、都合のいいこともあったもんです。

あたしたち、ほっとしました。

あの庭師に比べれば、この庭師はずっとましでした。コミュニケートできました。ほんとにほっとしたものです、この庭師が来はじめたときには。それで、あたしにとっては唯一の、ちょっとする立ち話の相手になって、たった二分間の、しどろもどろで、気が重くてたまらない立ち話ですけど。

そうだったんじゃないの、とアアロンがいいました。社会化するきっかけを一瞬にしてなくしてしまって、原因は雑草を抜くの抜かないの、とアアロンが笑いました。笑われたっていいんです。

あたしの存在がかかってたんです。ディートリン（ド）もいないし、クラリスも帰らない。アアロンを見つめ、子どもたちを見つめるんですが、いくら見つめたって、どうにもなりゃしませんしね。夢です。この状態の中で、あたしが夢みる、夢のように凝視する、その相手がオキザリスだった、なんて、そこまでいいきる気はありません、でもね、庭師が何百人たばになったって、一本の花咲く黄色いオキザリス。

それが何本も、何十本もかたまって生えてたんですから。

太陽の方角をいっせいに向いて、すっすっと緑の茎が伸びて、あざやかな黄色の花がりんりんと鳴る。りんりん、りんりん、と揺れて鳴ってました。

あっけないもんです。あたしはぐったりしたオキザリスを、ゆであげたほうれんそうを一株一株取りわけて赤いとこを持ってととのえるように、オキザリスを一株一株取りわけて、ととのえて、プランターに植えました。

目がさめたら家中が音でした。ひどくさわがしいと眠りながら思っていました。目がさめてみても、その音はつづいていました。

誰も彼も寝しずまっていました。ということは誰も、物音を立ててはいないっていうことでした。それなのに音は家の中に、しつづけていました。

なんだかひじょうにひよくな湿地帯のど真ん中に住みついてしまって、さて気がついたら、自分自身は湿り気でおもたくなっているわ、あたりいちめん虫や魚や、寄生虫や爬虫類や両生類でぬらついているわ、今さらしょうがないから、そんなところでも変わらず、寝起きして、食べたりセックスしたりもしている、そんな生活の日常の中でたまたま夜中に、目をさましただけ、そんな気がしました。

耳をすませると、音はあちこちから聞こえてきました。一か所にとまっているんじゃなくて、あちこち動いているようでした。

CDプレーヤーはもうだいぶ前から調子がおかしくて、まんぞくに聞いていられません。そうでなくてもこのごろ、何も聞きたいと思わないのです。昔は、音は、鳴ってりゃいいという感じで、朝起きたらすぐにCDをセットして、寝るまで、目をつぶったときにもまだそこに何かが鳴っていなくちゃ気がすまないという感じで、意識がなくなるその瞬間まで、何か耳に、聞いていました。今はちがいます。

鳴ってりゃほんとに、何でもよかったんです。何でも聞いて、聞くそばから忘れていきました。あたしは音をすぐ忘れるのです。何回聞いても、それを口で、くりかえすことができないんです。あたしの周囲の人はそれがとくいな人ばっかりで、聞いた音をそくざに口で歌ってくりかえすことができて、あたしは、その人たちに、音痴音痴といわれていました。子どもだったころからずっと。ピアノの先生にも、音痴音痴と思われていました。先生がぽおおおおんと鳴らす、それをあてたためしがなかったんです。でもそういうあたしがいざ音を、何でもいいから聞きたいと思ったとき、音の大半は俗にいう音楽で、これは不快でした。あたしは音痴ですから、音楽じゃなくたっていいんです。むしろ音痴ですから、音楽じゃない方がいいんです。それで語学テープ、お経、何かの講演録、手あたりしだい聞きました。音で周囲がざわざわしていれば、それでよかったんです。

あのころは、身のまわりに音がとぎれると、たちまち所在がなくなっちゃったようで、とほうにくれました。もうそんなことはありません。音は音で、あたしじゃないっていうことがわかっています。

とにかくあたしは、立ちあがって音を消しにかかりました。音だらけでした。あらゆる方角からあらゆる音がおそいかかってきました。

こういうときは、耳をすませて、聞こえる音のひとつに、自分の声を共鳴させてみればいいんだと、あたしは思ったのです。子どもを寝かしつけるときに使った手でした。子どもを寝かしつけるときは、子どもの呼吸にこっちの呼吸をあわせて、いっしょに吸ったり吐いたりをくりかえす。

子どもの存在とこっちの存在を融合させるっていうのが基本の考えです。存在は融合しますから、眠りこむ子どもの眠りにまでに融合しちゃって、こっちもふかぶかと眠りにひきずりこまれてしまうことになる。じゃ、今は、この聞こえる音のひとつにふかぶかとひきずりこまれることになるのか、音にひきずりこまれたらどういうことになるのかと考えながら、耳をすましました。目はとじて。息も殺し。

音にひきずられていかれました。ひきずられて、ワープロにぶちあたりました。ワープロが音をたてていました。その音でした、あたしが共鳴したのは。これは容易でした。電源を切った。それでも音は消えません。

それからコンピュータをさぐりあてました。コンピュータが音をたてていました。これも電源を切った。まだまだ音は消えません。

CDプレーヤーを切り、ビデオプレーヤーを切り、テレビを切りました。まだまだ音は消えません。は、これは「おおきなかぶ」です。あかんぼに毎晩読まされている絵本です、声に出して。まだまだ、おとは、きえません、と。

音は増殖しているように聞こえます。

あらゆる電気スタンドのプラグを根元から引き抜きました。

そしてついにFAX機にたどりつきました。電話とは別回線の、でも電話機能もかねそなえた、電話とはまったくちがう信号音を出す、その機械がやかましくうなりちらしていました。こんな大きな音を出して、よくＦＡＸ機としての商品価値がある、とあたしは思いました。この音を消すには、ＦＡＸ機をＯＦＦにするしかないです。でもＯＦＦにしてしまったら、外界と切れてしまって、ＦＡＸ機の機能をはたさなくなる。うるさい音を出すのはたしかにこれです。でも、外界と切れるという事実もまた、想像するだけでうるさくってたまりません。いろんなことを考えさせられるから。これをＯＦＦ。ＦＡＸ機をＯＦＦ。外界とのつながりをＯＦＦ。ビザを拒否されたときよりも、厳しい問題かもしれないのに、今、この夜中では、それが厳しい問題かどうか確認できるてだてがどこにもないです。

ＦＡＸが、今しも、外から送られてきていました。うるさくなっちゃって、ＯＦＦ。ＦＡＸ機をＯＦＦ。とあたしは考えて、いいえ、考えるのをやめちゃったのかも、一瞬です、なんかもう、いやになっちゃったんです、考えるの、それでＯＦＦにしました、ＦＡＸ機の電源。

そしたら表示が何もかもいっぺんに消えました。でもいけません、まだ音がひびくんです。ぱちぱちぱちぱち。はっきり聞こえてきます。そしてあたしが思ったのは、これはあの子のぱちぱちぱちぱちであると。でもあの子は今、階下ですっかり寝くたれているはず、今ごろ、そのぱちぱちぱちが聞こえるはずもないんです。

それであたしはまたＦＡＸ機の電源を入れました。ピーッと警戒音が鳴りわたり、表示はＯＮになりました。初期表示はめちゃくちゃになってました。機能セレクトボタンを押したとたんに、また音たかくピーッと、家じゅうに鳴りわたりました。あとは野となれ山となれという、あたしのいちばんすきな文句です。それをふと思いました。あとは野となれってきもちでピーッ、山となれで、また、ピーッ。

何、どうしたの、ともそもそ、アアロンが、もそもそいいました。

ＦＡＸ、とあたしはいいました。

ＦＡＸが何だって。

ＦＡＸを消したんだけど、またつけてるの。

消すことないのに。

でもうるさいから。

何が。

音が。

何の音。

子どものまばたきみたいな。

何が、何も聞こえない、とアアロンはいいました。ぜんぜん、聞こえない。

聞こえる、とあたしはいいました。空耳空耳、とアアロンはいって、うしろを向いて、もう何もいいません。寝てしまったのかもしれません。

あたしにはこんなにはっきり聞こえます。今はもう、ＦＡＸ機の音とぱちぱち音だけがはっきり聞こえてきます。あたしもいっそ眠ろうとしましたが、音がこっちにのしかかってくるようで、息苦しくてどうも。それで立ちあがって、外をのぞいてみました。まっくらでした。もちろん背後ではまだＦＡＸ機の音とぱちぱち音、まばたきかどうかわかりかねます、でも、ぱちぱちぱちぱちぱちぱち聞こえていました。

外にはカクタスの見えない花がいちめんに咲いていていました。もちろん見えませんでした。暗すぎたんです。ほかにも、いろんなものが、暗すぎて見えませんでした。見えないものがそんなにたくさんあるせいで、ざわざわしてると感じる暗闇がありました。すると暗闇の中で何か動いたので。ピンク色の鼻先と、うねる毛並み、嗅ぎまわる息の音、たからかにふみつぶす音。そして見えなくなりました。

あたしはベッドにもどって、電気を消しました。もちろんぱちぱちとＦＡＸ音のうなりわたる中です。消したとたんにぱちーん、とぜんぜん異質な音が鳴りわたり、あたりのさざめくような音どもを、強烈にうちのめしました。

そのときの、一瞬でしたが、総毛立った気味悪さったらありませんでした。思わず、アアロン、と声に出しました。するとこんどは、それがあたりに鳴りわたりました。ひっかくような小さな声を出して、じっさいひっかいたつもりだったんですが。あまりの声の大きさに、あたしはびびりました。アアロンはぴくりともしませんでした。あたしは立ちあがって、あかりをつけました。それでも、アアロンはぴくりともしませんでした。

風船がわれたと思いました。風船はよくわれるんです。ああいうはれつする、はじけちる音をたてて。でももううち中の風船が、あらかたわれてしまっていたのを思い出しました。われずに残っていたのはひとつだけ、とても大きな、ずっと宙に浮いていた風船でしたが、それも、ここ数日ですっかりしなびて、くたびれて、床の上にっずくまっていて、その日だってその上にあかんぼがのしかかっていったのを、おお、おお、だめだめ、われるよ、われたらこわいよ、ととめたところでした。

あかりは、ななつ、ぽっかりと、宙に浮かんでいました。あかりの向こうは、大きなガラスの窓でした。ななつのあかりがぜんぶついてるところを見ると、電球がはじけたのでもありませんでした。窓ガラスにひびがいったのでもありませんでした。

ぱちーんと、薄くって、軽くって、弾力のあるものを、ぱちーんと、はじかせたような音、しかも、あかりの浮かんでるあたりの宙で、それは鳴ったのです。

いつかの夜中に誰かが戸をたたいて、アアロンがほとんどはだかでかくかく出ていってみたら、懐中電灯を持った若い男で、家の前に停めてある車が動いている、ずるずる道路にまではみ出していって危険である、と親切にも教えてくれまして。もちろんあたしの車でした。ハンドブレーキの引き方が甘かったのです。あたしの手でぎゅっと引いたはずなんですが。それで外に出てみたら、暗い道にぼうっと白く、ななめに、車はありまして。

ああいうことがまたあったのかも、と思って、あたしはドアのあたりものぞいてみましたが、人の気配はありません。

夢という可能性もありました。そうね、夢という。

ベッドにもどるつもりでした。そのとき、何げなくのぞいた窓の外に、何か落ちているのを見つけました。あざやかな緑でした。ななつのあかりが窓から外に、もれ出ていました。死んだハミングバードでした。死んだハミングバードなんてはじめてでした。羽の色がじつにあざやかでした。一目で死んでるってことがわかりました。

あたしは外に出て、それを拾いあげました。体温がありました。親指くらいでした。くちばしのつけねから少し血が出ていました。

こんな間近で見るなんてはじめてでした。それにしてもあざやかな色でした。

ベゴニアのさし芽がぜんぜん伸びないんですが、死にもしません。ベゴニアの葉を切り取って水にさしたのはずいぶん前です。それが根をはやしたので鉢に植えました。それからまた、ずいぶんたちます。小さな鉢の中に一本だけ葉が植えてあります。それは、伸びも死にもしません。まったく変化がありません。ただときどき乾いて、それで水をやります。鉢は乾いたり湿ったりをくりかえしています。

二、三日前に、ひとつ、死にました。

すぐわかりました。羽虫が飛びはじめたんです。小さい羽虫でした。それで見てみると、もうとっくに土には生気がなく、葉はぐらぐら揺れました。かるく引くと、すっぽり抜き取れて、それがその葉の最後でした。あたしはごみ箱に捨てました。

あとは、伸びもしないかわりに死にもしません。その葉は、もう何年も経た大きい株から切り取りました。この大株もはじめは、一枚の葉からだったそうです。妻の家のベゴニアがあまりみごとなので、一枚だけ切り取ってきた、それを水にさして、根をはやし、それから小鉢に植えこんだ。長い間、何年も何年も、なんの変化も起こらなかったが、あるときとつぜん一枚の葉から新しい葉が伸びはじめ、後はもうとどまるところを知らず、伸びひろがり、とうとうこのように、太い、ふしくれた茎が何重にもとぐろをまいているようになった、といつかアアロンがいってました。

　それは、何年も何年も前、まだあたしなんか、この家に一足も踏み込まないときですし、アアロンが、何に妨害されることなく、思いっきり画面を凝視していたときでもあります。ところがこのあいだ妻の家に行ったら、親株が見るかげもなく、みすぼらしく、衰弱しきっていたんだ、もうあとは死ぬのを待つばかりっていう風情だった、とアアロンがあたしに報告したのはいつだったでしょうね、忘れました。だいぶ前です。まだ子どもたちをこっちに連れてくる前。それもまだ、アアロンが、何にも妨害されずに、思いっきり画面を凝視していたときです。

　こんどはうちの大株が、衰弱しようとしていました。

　気がついたのは、土の状態です。まだ羽虫は飛んでいないのですが、土が湿ったきり乾かないのでした。気をつけて見ていました。すると、葉が落ちはじめました。しおれた葉を取りのぞいてやっていたら、みるみる大株が禿げてきたような、そんな印象でした。そうして気がついたときには、あのとぐろをまく、太い茎のところどころが腐りかけていたのでした。さわるとぼきぼき折れました。先の方にはまだ枯れていくようにも見えない葉がついていましたが、それも容赦なく、折れた茎といっしょに取れていきました。

あたしは、毎日毎日、いわばつきっきりで看病してきました。このまま死なせてしまうのは、いかにもしのびないのですが。

きっと、さし芽のせいです。次の世代ができたときに、前の世代は死んでおわび、いいえちがう、死んで、新しい世代に代替わりするという、ある種の虫か魚のような生態を持っているんじゃないかとあたしは考えたんです。死んでおわび。ちがうったら。死んでおわびっていうことばが、なんだかいつまでも頭から離れないんですよ。とつぜん頭の中に浮かんできちゃって。ベゴニアが、死んでいったい何をおわびするのか、わけのわからない連想です。生きていったい何をするのか。いいえ、たんに、連想しただけで、何も意味はありません。でもそういう考え方をすれば、あのちっとも伸びないさし芽が死んでるわけではない、いつか伸びてくるのだと期待したくなりました。たとえ親株は死んでも、子株が殖える、殖える、どんどん殖える。

死んだら羽虫が飛ぶとさっきはいいましたが、じつをいえばうちの中には、何も死んでない状態であっても、恒常的に、細かい、小さい、羽虫が、音もなく飛びまわっているのでした。死んだら飛ぶのと同じ羽虫かどうかわかりません。あんまり小さくて、正体をみきわめることもできません。ショウジョウバエではないんです。ショウジョウバエなら多少なりとも音をたてて飛びまわるから、あたしにもそれとわかります。アアロンがホワイトフライと呼んでいるのは、たぶんこれです。ホワイト《W》フライ《F》、でも正体が今いち不明なので、以後、ＷＦと略称します。

シット、またＷＦが増えている、ダム、薬をまかなきゃ、とアアロンはつぶやくんですが、そのＷＦがこの虫のことなんだとあたしは思います。

あたしは水やりはしますが、薬はまきません。薬をまくのはアアロンの担当ですが、もはや、その股関節の中ではスチール製の骨がごろごろ、あっちにころがりこっちにころがりしているという状況、このままじゃ歩けなくなるのも時間の問題でした。家の中を動きまわるていどの動きでも、あとにひどく痛がるものですから、とりあえず、まくべき薬なんてどこにもないってな感じにしらばっくれています、あたしは。

これがほんとにＷＦだとしたら、あたしの見るところ、アアロンがどんなに薬をまいても、ＷＦが根だやしになったことはありません。それどころかあたしが見るところ、増えるも増えないも、ＷＦとアアロンが呼んでいるものは、いつも家中を飛び交っていると思うんです。家の中のどこにいても、ＷＦは目まぐるしく飛びまわり、音もなくまつわりついてくるのです。両手でたたきつぶすこともなんなくできます。あんまり細かいので、両手をうちあわせたそのぱちんだけ音たかくひびきわたって、たたきつぶしたという感覚も、虫の死骸も、虫の死そのものも、どこにも残りません。

きっとこれは、ＷＦではないのかもしれないとあたしはときどき考えます。

植物のまわりには、ＷＦのほかにも、葉にくろぐろとしみになってつくものや、白いねっとりした固まりや、いろんな得体の知れないものがちょうりょうばっこしていて、アアロンはそのどれにも園芸用殺虫剤を噴霧していますけれども、効いてるふうには思われません。

アアロンが殺虫剤を噴霧しているそれは、虫というより地衣類や苔類。アリンコやバッタのたぐいにはほど遠いように思われます。ああ、また、ミーリーバグが増えてしまった、とアアロンがうめいた、それはＭＢと、以後略称します、そのとき、アアロンの口からアアロンの声に出て語られるミ《M》ーリーバ《B》グ、ＭとＢはわかるがそのほかはいったいどう書くのか、意味は何か、わからないままですが、とにかくＭＢ。

それでＭＢは、明るい家の中の、ある植物のまわりを、浮遊してさだまらない何かでした。アアロンがＭＢというたび、ＭＢがそこにあらわれ、中空にぷかりと浮かんで、もはやＭＢにはＭＢとしてのいきどころがなくなっているのを目の当たりに見るからです。にっちもさっちもいかなくなったＭＢは、植物に取りつきました。

ふと見ると、植物に白いものが付着しています。もやもやと、付着しています。

ＷＦが何を意味し、ＭＢが何を意味していようと、あたしが取りのぞきたい、アアロンも取りのぞくことに何も躊躇しないのは、細かい虫とか白いねっとりしたものとか、そういうものであります。生物です。地衣類かもしれないし、昆虫かもしれない。いずれにしても、ことば的には正体不明な存在です。

生物が音をたてずに増殖していくさまは、じつに耳ざわりな事実なので、あたしは音たからかにそれをたたきつぶしました。

WFを殺し、MBを殺し、それだけじゃない、SPを殺し、ANを殺し、MQを殺しました。いいえそれだけじゃない、KSも、ZCも、MNも、殺しに殺しているのがあたしの日常です。生きてるものをこんなに殺していいものかしら、とときどき考えます。あたし自身の母も、あたし自身が育った家で、こんなふうに、四六時中、いろんなものを殺していました。

あたしのコンピュータに起こっている現象を、なんと呼ぶのか、とうとうわかりました。文字化けというんです。はじめて聞くことばでした。しかしはじめてにしては耳になつかしい。文字も化けも、聞き慣れ、使い慣れてるからです。それでも、文字化けしちゃって、ああ文字化けですか、いや文字化けがね、って、どこか遠いところで人々が、ごはんに味噌汁かけてさらさらと流しこんでしまうように、このことばを使ってるのかと思うと、へんな感じがします。あたしは知りませんでした。アアロンに聞いても知りませんでした。こんなにコンピュータばっかり凝視している人でも、日本語がわからないから、こういうときにはくその役にも立ちません。いちどモニターの状態を見せたら、ガベイジ《ごみ》、といわれました。ガベイジ、なんていわれるために相談してるわけではないとあたしは思って、それ以来、あたしのコンピュータに起こっている問題にかんしては、アアロンに相談しません。この現象について、もっとコンピュータ的な、もっと特別なことばをあてはめたかったのです。いったいあてはまることばがあるのかどうかもあたしは知りませんでした。知ってみて、やっぱりあったのだと、ほっと、すっと、すっとですね、すっとしました。アアロンに相談しないと、いろいろと不都合が起こるのはわかっています。じっさいいろんなことがすでに起こりました。

　バックアップの取り方をいつか教えてもらわなくちゃと思ってたんです。アアロンなら知ってるはず、いいえ、ぜったい知ってる。でも、ずるずるきかないでいるうちにクラッシュしちゃって、あたしは、何もかもなくしました。バックアップ取ってなかったせいで、ほんとうに何もかも。何もかもなくすっていうのはこういうことかと。何もかもなくすのは、はじめてじゃありません。ワープロだったときも、フロッピーが読めなくなって、何もかも、何回も、なくしました。あんまりなくして、そのあとは、文書を出し入れするたびにフロッピー三枚ずつ、バックアップを取っていたのでした。ハードディスクつきのコンピュータを信用しすぎました。あるいはアアロンに相談をしぶったのがまちがいのもとだったというのはわかっています。

これもやっぱり、アアロンに相談せずに遠くの、ふだん行かないスーパーまで買い物に行ったときのことです。あたしは、財布をなくしました。大荷物持って、駐車場で、子どもがまつわりついてくるのをひっぺがしひっぺがし、あかんぼがぐずるのを横抱きにかかえて、荷物を車につみこんで、汁気の多いお持ち帰りの中華料理なんて買っちゃって、スープがひっくりかえるのに気をとられて、財布をぽんとそこ、車の屋根の上に、アアロンが一部始終を凝視していればこんなことにはならないのに、屋根の上に置きざりにしたまま、車を発進させちゃって、そんなばかなことがありますか、屋根の上だって、でもそれっきりでした。

ごはさんにねがいましては、とうたう声。それからそろばんをそろえる音。

財布の中に入っていたのは、免許証、クレジットカードが何枚も、キャッシュカード、小切手帳、現金、ベーグル屋のカード、十二ダース買えば十三ダースめがただでもらえるっていうカードで、もう、あと二ダース食べれば、十三こただでもらえるってとこまで集めてありました。ベーグル屋の一ダースは十三こなんです。それがぜんぶ集まれば、十三×十三で、百六十九こ、ベーグルを食べたことになるのか、すごい数です。そのうちの十三×(十二−二)で百三十こが、フイになったわけか、すごい数です。それから、ビデオ屋のカード、スーパーのカード、フィットネスクラブのカードとそこのお子さま預かりのプリペイドカード、現像しようと思っていたネガフィルム。文庫本。日本語の、検死官とかなんとかいうやつ。あとはえーと、キャンディがいくつかに、もちろん小銭。おびただしい領収書。何もかもです、ここで暮らしていく上でたいせつなもの、ぜんぶ。子どもがあたしに書いてくれた手書きの名刺も。クラリスからきたはがきも。読まないで、こんど読もうと財布につっこんだまま、なくしてしまいました。英語だったんです、あたりまえです、クラリスは英語をしゃべり、読み、書く。でもあたしはどうも英語はなかなか読む気にならなくて。読もうと思えば読めますけど。でもどうも。それで、来たやつをすぐ財布に入れました、あとで読もうと思って。大きな財布でした。犬の子だって入るような。読んでないはがきには、いつ帰るとか、あたらしい電話番号とか、そういうことが書いてあったかもしれません。ただ、はろーとだけ、書いてあったかもしれません。

はがきだけじゃない、財布もクラリスにもらいました。もらったときは財布じゃなくてかばん、大きな財布というより小さなかばんでした。ある日とつぜんひょいとくれて、たいして値のはるものでもなくって、ただちょっと変わった柄で、というのは、花柄やくま柄のかわりに、バーコード柄だったんです。あらありがとって受けとって、財布がわりに使いはじめました。大きいから便利でした。ドラえもんのポケットみたいに、何でもがさがさ入りました。なくしたとき、パスポートやビザの書類が、入ってなかったのが奇跡でした。

　財布だけじゃない、クラリスにもらったものは、あたしが今着ているこれも、これも、みんなクラリスにもらいました。あたしに、いらなくなったものをくれるんです。クラリスの方が少し大きいから何でも着られるので。クラリスの趣味は、よくわかりません。少なくとも、もらったものの趣味は、焦点がまるであってない状態でした。ところが、その趣味の焦点のあわないものばかり、あたしは毎日着たくなって、その理由を考えたこともあります。それほど毎日着たくなって。ある日気がついたら帽子から靴下まで、ブラジャーまで、今考えてみればなんでクラリスが、ブラジャーなんてあたしにくれたんだろうと思いますが、ある日ひょいとクラリスはくれて、あたしはそれ以来愛用してたのです。ほとんど毎日それをつけてました。そして財布に何もかも入れて、用のないものまでがさがさ入れて、買い物の用がなくってもいつも手に持って動いていました。まるでおまもりみたいにして。

　クラリスからもらった財布は、こうやってあたしの身のまわりからなくなっていったというわけです。

　あたしは銀行に行って、なくしたものぜんぶさしとめました。そして現金をおろして、何もかも現金で、ガソリンも食料も、何もかも現金でやってるうちに、ある風の強い日、風の谷で、すごく風の強いところです、風力発電の装置があたりいちめんに立っている、あの、へんな、風車というにはあんまり単純なデザインで、大きくって、白くって、かたくって、すっと立っている。そしてぐるぐるまわっている。風の谷間中に。見わたすかぎり。そういうところ。たまたま通ったんです、めったに行くところじゃありませんが、たまたま。風が強くて、子どもはナウシカナウシカって、興奮していました、そういうの見るの、はじめてだったもんで。アアロンは車が揺れるたんびにきこきこきしんでたし、あかんぼはベビーシートの中で目いっぱいはずんでました。

　あたしが運転していました。風があまりにも強くて、ステアリングが取られて、あたしはすごくナーバスになっていました。でも、子どもがナウシカナウシカって。あそうね、こんなとこだろうね、この風じゃメーヴェがよく飛ぶだろうね、あの山の向こうが腐海かもねなんて、ステアリングをにぎりしめながら受け答えして、とってもナーバスになってて、ああもうだめだ、これ以上運転できない、アアロン運転かわってよってアアロンに、下半身がどんなに故障中でも上半身はすごく安定してるから、ステアリングが取られるていどじゃびくともしないから、なんていいながら車からおりて、財布をつかんだら、そこへ風です、財布の口はあいてました、あけとくのが悪いってあとから子どもにもアアロンにも、あかんぼはいいませんでした、でも故意にあけといたわけじゃないんです、あいてたんです、それで風です、すごい風、現金が下にばらまかれただけじゃないんです、上へ、上へ、現金が、舞い上がっていって。それはそれは。子どもが飛びあがってそれをつかみ、塀に駆けのぼり、塀にぴたっとひっついたのや、塀の向こうに飛んでいったのもありましたから、塀を駆けのぼり、塀の向こうに走りおり、上を下へ駆けまわり、おさつを、わしづかみにして、集めてきました。あたしも、塀のこっちで、おさつをわしづかみにして、拾い集めました。アアロンはあきれて、そこに立ってただけ、風の中にはずみ出ようとするあかんぼをつかまえていました。

何もかもなくしたあとに、こんなことになったわけで。クラリスなら、こんな話はきっとすごくおもしろがると思うんです。

それで、文字化けのこと。おさつをばらまいたのとはわけがちがいました。あれは一時的ですが、文字化けは、コンピュータをシャットダウンしても、それからスタートしなおしても、依然としてそこにあらわれてくる問題です。

現象じたいは、アアロンに相談しなくても、なおりました。そういうものです。コンピュータです。あちこち、つっつきまわしているうちに、ぱっと視界がひらけるから、そこをクリックすれば、なおる。なおりました。でもぜんぶじゃありません。残ったんです。ところどころに。皮膚のシミみたいに。コントロールパネルとか機能拡張とか、そういう奥の方の表示かなんかにちょっと残った。無視してもいいんですが、しきれません。根腐れしている植物に水をやってるみたいで、はらはらします。いつダウンするかと。

文字化けっていうのは静かです。音声化できませんから。それなのに、ああうるさい、たまらなくうるさい、たえがたい、と感じるのはどういうわけなんでしょうね、これを取りのぞかないとおちおちっていう気にさせられる。

そしてそれは、あかんぼの言語そのものでした、文字化け。このことばを知らないうちは、あかんぼに何が起こっているのか把握できなかった。

あかんぼがあたしの顔をじっと見つめて、しゃべりだし、しゃべりやめないのです。ñÝÜøëz±⅍sˇàとつづいていきました。

あたしには、何もわかりません。

しゃべりつづけるんですが、ことばになってないのです。耳をすますんですが、聞き取れないのです。たまに、英語らしい単語がまじる、それは聞き取れるんです。でもそれだって、あたしは聞き慣れているからそれとわかるのであって、他人には伝わらないのにちがいありません。それは、ことばでありながら、ことばじゃない。あかんぼはだんぜんことばのつもりらしいんですが、ことばじゃない。何か、ふしぎな、なんとも名づけようのないもの。それで、文字化けです。

Ôëむーん(す)たーƒµ□‰[、ÜˆÁしゃーくるŠÉ©ϕ、おうけい?

(月、星、円、OK?)

宇宙哲学的な内容かもしれないと思わせるところが、小ずるいとあたしは思いました。二歳のあかんぼですから、何をいったってたかがしれてる。語尾のOK?は、そうやっていつもおとなに、念を押されてるので、あかんぼ自身もくりかえしているのです。

文字化けは、音声化できません。あたしには、くりかえすことも、書きとめることもできません。あかんぼは伝えているつもりですが、何にも伝わってきません。伝わってくるのは、あかんぼがあかんぼらしくてかわいいもんだなあというばかな感想だけ。あかんぼが寝てたって、そのくらいなら伝わってきますから。

アアロンとの間のことばのやりとり、伝わり方についても、自信がないっていうことを考えました。いつもはそんなこと、考えていたらやっていけないので考えません。

よく、はずむあかんぼでした。親が、そんなこと、ぼんやり考えているうちにも、あかんぼは、はずむのはずまないのって、食卓ではずみ、階段ではずみ、お風呂場にはいっていってはずみ、ああこっちのお風呂場は、風呂おけに残り湯がたまってるなんてことがありえないからいくらあかんぼがはずんでもだいじょうぶです、そして今やおまるの上で、うんちをおしりにくっつけたまま、はずみかえっていました。

Î□óC ぷーぷー△‰Ã、おうけい？

あたしの背後で、とつぜん、ぱちぱち鳴りました。振り返りましたが、子どもはそこにいなかったんです。でもぱちぱちぱちぱち鳴りました。

アアロン、とあたしは呼びました。アアロンは、もちろんです、れいによって、凝視してました。ほら、ぱちぱちいってる、とあたしはアアロンにいいました。

空耳、と凝視から目を離さずアアロンはいいました。何もかも空耳。

ぜったい聞こえる、きっとあなたにはこのぶんぶんいうコンピュータの音も聞こえてないんじゃないの、こんなにはっきり聞こえているこれが、とあたしがいいますと、おおもちろん何も聞こえない、とアアロンはいい切りました。

聞こえるもんなら気になるはずだ、じまんじゃないけど、コンピュータの電源は切ったことがない、もう三十年も切っていない、コンピュータは三十年もつけっぱなし、電源を切ったりつけたりするときにいちばん故障するからさ、とアアロンはいいました。

ほんとに音がするもんなら、その音の中でもう三十年も暮らしっぱなし、百歩ゆずってほんとに音がしてるとしても、暮らしっぱなしに暮らせるんだから、せいぜいがまんできる音ってわけじゃないか、とアアロンが。

そうしてアアロンは立ち上がりました。そのときに、かなり大きな、かっくんが聞こえた。かっくんと鳴るのなんかすっかり慣れっこになっちゃって、ちっとも気にしないで、アアロンは手を伸ばしました。上半身は鳴りません。上半身はいつだってとても静かなんです。毛深い、生きている、静かな肉の塊。下半身が鳴るだけです。下半身を鳴らしながら、アアロンは、かがんで、踏んばって、勢いをつけて、手をのばし、あかんぼをつかまえました。

あかんぼが、金切り声をあげました。

″š+□Ôàø、おうけい？

つかまって、興奮して、うれしくてしょうがない金切り声でした。ああ、はずむ、はずむ、つかまえていられない、とアアロンはあえぎました。アアロンの手が、はずむあかんぼでひどく揺さぶられました。ああ、はずむ、はずむ。アアロンの上半身がいっしょにはずみかけて、下半身まで揺れそうになって、だいぶそこで、たもっていたんですが、とうとうたもちきれずに、アアロンは手をひらいた、とたんにあかんぼはぽーんと飛び出していって、床にはねかえりました。

アアロンの手術が近づいていました。用意は万端ととのえてありました。近づくにつれ、日に日にアアロンは沈みこんでいって、なんだかすっかり心細くなっちゃってるように見えました。

準備は万端、血液銀行に通って、少しずつ血を取って、手術に必要な分の血をためておくなんていうこともしてありました。ベッドは足の長さに合わせて高くしてありました。遺書も書いてありました。遺書、ちがうちがう、遺言書です。前回、二年前にやったときにも、手術前はほんとに万端、ナーバスなくらい万端にととのえてあったものです。血も、ベッドも、遺言書も。家中の段差をなくしたのはそのときだったし、お風呂場に手すりをつけたのも、壁だったところにドアをぶちあけたのも、そのときです。手術中に死ぬ確率も調べました。それはかなり低いというのがわかりましたが、かなり低いということはそれでも可能性はあるということで、一通めの遺言書を書いたのがそのときです。遺すものなんてコンピュータくらいしかないのに、アアロンは、じたばたじたばたしていました。じたばたじたばた、していたかったのかもしれません。

たしかにこみいった手術ではあるんですが、股関節だし、失敗して死ぬ確率なんて、ほら、こんなに低いわけだし、そんな死刑の執行を待ってるような顔してないで、ピクニックにでも行くつもりでと、明るく話しかけたら、それはそれは、ひどい目にあいました。二度というかと思いました。だから今回も、手術に向かって考えつめていくアアロンにたいして、あたしは何もいいません。

あと数日で、手術です。真夜中の十二時に、病院に入院します。前回も、そのとおりでした。シンデレラの魔法じゃあるまいし、この奇妙な時間の設定は、保険のせいです。朝の七時に手術をはじめて、手術の後は四日で退院、それもやはり前回どおりで、それもやはり、保険のせいです。それ以上、保険がききません。ここではみんなそんなふう、手術のあとの寝たきりなのを連れてきて、うちに寝かすんです。うちに寝てるところに、保険のきく範囲内で、看護婦もセラピストも通ってきます。そういうシステム。それならそれで、ラップトップをどうにかしなけりゃ、とアアロンはいいました。買うとか借りるとか、とにかくラップトップ、ラップトップさえあれば、何の不自由もなくなる、どこにいても、なんでもできる、それにコードレスの電話機があれば、向かうところ敵なし。

いいえ、そういう強い表現でコードレスを買いたがったってことで、向かうところ敵なしなんて日本的なことを、じっさいアアロンがいったわけじゃありません。

とにかくアアロンがいうには、いつかこわれたっきり、おまえがあんなものいらいらするだけっていうもんだから、近ごろはコードありのを使っていたけど、手術のあとにはぜったいあれが必要だ、と。それでコードレスは買いました。ラップトップは買いませんでした。何か不自由なことに直面するたび、手術とか、旅行とか、葬式とか、この家のコンピュータやモニターから、ということはユーカリの毒素からも、離れなくちゃいけなくなったとき、いつもアアロンは、ラップトップ買わなくちゃ、というんです。前回もいいました。ラップトップさえあれば、とアアロンが。それさえあればどんな不自由も自由になるはず。

ラップトップは買わずに、もとからあった大きいデスクトップのをひとつ動かして、ベッドの脇に据えつけました。キングやクイーンの飛びはねるやつです。それをアアロンは凝視するわけです。

手術のあと、うちに帰ってきてもしばらくは、ほとんど動けない状態です。おしっこもしびんにとります。うんちの便器は使いたがらないで、ひどく苦労してトイレまで動いていきます。歩いていきます、なんていえない移動のしかたでした。膝の曲げのばしに制限があります。いつも九十度よりひらいた状態にたもっておかなければなりません。静脈瘤防止のためのストッキングを昼も夜もはきつづけます。その着脱はあたしがやります。足をかかえて、ぼろぼろとくずれるのを手でおしとどめながら、持ちあげて、ストッキングをかぶせて、力いっぱいひっぱりあげます。アアロンの足は、異常なほど細いんです。年を経てるのはからだ全体のことなのに、足だけ、日に当たらず、お風呂にも浸からず、年を経て、それですっかり白くなっちゃって、乾いて、ちぢんで、ちょっとさわっただけでぼろぼろぼろぼろ、何が？　皮膚ですね、皮膚の表面の、細かな、白い、死んだ薄皮や何かですね。もう死んで、必要なくなったやつです。それがぼろぼろこぼれてくる。手術して横たわっちゃったら、よけいそうなります。そこにきついストッキングをかぶせようとするから、こすれたとこからぼろぼろぼろぼろ、いちめんに降りしきる、このままくずれてなくなってしまうんじゃないかと思うくらい。それもこれも、二年前に経験ずみです。

手術室から台ごと運ばれてきたときのアアロンの顔といったら、あたしがいつも想像している、死んだアアロンの白い顔と同じくらい、白かったです。白い髪も白い髭も、乱れほうだいに乱れてもつれて、頭から離れていっちゃって、宙でくるくるカールしていました。病院のお仕着せの、ぺらぺらのエプロンみたいな、処置がしやすいように後ろがぱっくりあいてるやつ、あれを着ていたんですが、すっかりよれよれ、鼻の穴にチューブが何本もつながって、意識は、あるようなないような、それでもろれつのまわらない声で、ゼリーを持ってきてくれと看護婦に要求して、それを食べて、のどごしのつるんとした冷たい赤いゼリーです、食べてたちまち吐いてました。そんなときにもしわがれた声で、シット、とつぶやくんです。運ばれてきた台はそのままがしゃんと枠にはめられて、多機能つきのベッドになりました。コンピュータがそこにあって、看護婦がやってくるたびに何かうちこんでいました。そしてベッドの上では、白くもつれたアアロンが、溶けた赤いゼリーを吐いてました。二年前のことです。

びーちとぱーくとどっち、ときくと、二歳になるあかんぼは、いつも、ぱーく、と答えます。

それであたしはいつも、それじゃ行って車をぱーくしようね、とあかんぼをだます、いいくるめる、どっちにしても語弊がありますね。いいくるめてるわけでもだましてるわけでもなくて、あたしはただ、ぱーくよりびーちに、価値を認めてるんです。それにぱちぱちする子どももいつも、ぱーくよりびーちに、行きたがるもんですから。あかんぼからびーちということばをまだ一回も聞いたことがないので、ことばの発達の問題上、たんにいえないだけっていう可能性もあります。なにしろことばが遅いんです。とても遅い。口をひらけばたちまち文字化けしちゃうんです。だからはずむのか。

びーちについたころには、あかんぼはもう何もかも忘れています。やっぱり、車に揺られて動いていくその過程で忘れていくのかもしれませんね。だいたいおかあさんの運転はよく揺れるから、と子どもがいいました。

海を前にして、あかんぼはひとこと、じゅーす、といいました。

空がとにかく青いのでした。

じゅーす、という、そのひとことを聞くのが、びーちに来たいと思う、そうして来る、目的のひとつのような気がしました。それを聞いたとたん、ああこのことば、ほんとうに聞きたかった、長い間待っていたんだと思う、そんなことばでした。

水みたいなものをぜんぶ、あかんぼは、じゅーす、と総称するんです。オレンジジュースも、りんごジュースも、牛乳も、コップの水も、おふろの水も、水たまりの水も、それで、海も。

じゅーす、と、とてもはっきりと、あかんぼが海を見るたびに宣言するんです。連れてくるたびに、海に。

びーちは砂浜で、砂浜は遠浅で、南北に伸びていて、南端から北端まで引き潮のときに歩きとおしたら何時間もかかると思われるほどで、ずうっと、遠浅で、海は、ずうっと真西を向いていました。

空が青くってたまらないのでした。海の色は空の色がそのままうつったものだとさきました。誰だったか、それをいったのは。きいたときはおどろきました。そんなこと、考えたこともなかったので。海のそばに住んでいないと、海に向かえば空がそれと同じ量だけ目の前にひろがっていくのだなんて、考えません。子どものころ銚子の海によく行きました。イトコが何人もいて、海に、朝から晩まで、ウミハヒロイナってみんなで大声で歌ったりして。あの海はこの海です。それからおとなになって住んでいたところは、車でちょっと町を抜ければ海がありました。よく行きましたけど、内海でした。内海は、どうも勝手がちがった。なんにも考えないんです。すぐ目の前に島があって、対岸があって、対岸から火山の煙がいつも立ち上っていて、島と島には橋がかかっていて、あたしがよく子どもを連れていったのは、そういう内海の橋を渡って向こうに行って渡って帰るって、そういうのでした。あそこでは、海の色の、空の色との因果関係なんて考えもしませんでした。ここに来てそのことを考えてみて、考えなかったあそこは、やっぱり物足りなかったと思いました。考えないと、せっかく海を見てる意味がなくなっちゃうような気がする。海見ると夢見るって同じことばなんだぜって、誰かが、えーと、ネズミの声です。ガンバです。ネズミのガンバっていう、子どもの読んでた冒険小説。あれをちょっと読んでみた。それ以来、このことばが海見るたんびにあたしの頭の中に。

海を見て、あかんぼが、腕の中で、海に向かって、すすもうとしていました。びーちでは、あかんぼは上やななめにはずんだりしません。空間がひろすぎるんでしょうね。ひたすら前へ向かいます。前進です。前進しかしません。あかんぼの前にあるのは、いつだって海です。それであたしは、あかんぼをおろしてやりました。なめらかな砂の上、波はまだ遠くにある、いつかかぶった波でやや濡れているような、そんなところにおろしてやって、手を離しました。あかんぼは、たちまち海にむかって、まっすぐに前進していきました。ころんで、起きあがった。そして、また、前進。ぱちぱちする子は、着の身着のまま、もうとっくに水の中に浸かっていました。あんまり水をはねかえして、犬みたいに威勢よくあそぶので、ラブラドールレトリバーが二匹、自分たちのあそびに、誘いにやってきました。うちの犬じゃありません。まったく見知らぬ犬です。でも犬はときどきそんなふうです。あそびたいだけなんです。そしてあそべる相手を見分けます。好き勝手にあそべて、誘っても拒否されない相手、それがうちの子どもです。

それで、犬と子どもは、あそぶ、あそぶ、濡れて、波をまたいで、黒びかりして、うねるところなんか、ほんとに群れてるアシカみたいで、いつまでたっても水の中からあがってきません。アシカは犬と同じなんですって。それなら犬はアシカと同じです。それなら、髪の黒いチックのある子どもだって、犬やアシカと同じです。

ねーおかあさん、アシカは犬と同じって、って昨日、子どもがいいました。本を読んでいたんです。父親が送ってきた日本語の本。それでアザラシは魚と同じって、と子どもがつづけて。いいえ、だいたい、子どものいいたいことはわかったんですけれど、進化のことなんです、いいたいのは、でもちょっとからかいたくなって、子どもに、へーすごいね、アシカは犬でアザラシは魚、へー知らなかった、そんならカンガルーはウサギで毛虫はクジラかもね、といってやると、からかわれてるのがうれしくってあたしにまつわりつきながら、もーおかあさん、もーって、でもやっぱり、そんなときにも子どもはぱちぱちしてました。昨日、ごはんをつくっていたときです。もうできあがって、ほかほかしたのを、おなべからお皿にうつしていたときです。

カリフォルニアの海は銚子の海と同じ海なのに、とんでもなくつめたいです。どんなに晴れあがった、かんかん照りの日だって、まともな神経持ってたら、この水の中になんて入ってられるもんじゃありません、とてもとても。一足入れても、震えあがるつめたさですから。そこにえんえんと浸かってられるんだから、あんたってきっとビニールコーティング仕上げ、知らないうちにコーティングされちゃったね、生まれたときはウロコしかなかったのにねえ、ってあたしは、あがってきて唇をがちがちふるわせている子どもにいったところでした。ぱちぱちもしてました。でも唇のがちがちの方が、目のぱちぱちより、ずっと目立ちました。

濡れた犬が、もっともっとと、子どもにまつわりついていました。

もっともっとと犬にまつわりつかれているこの濡れた子どもは、いまだに、日本語をしゃべらない人間に向かうとひとこともしゃべりません。アアロンに向かってもしゃべりません。アアロンもまた、日本語を話す人間ではあきらかにないわけで。反応がないので、アアロンの方から話しかけることもだんだん少なくなっていきました。その凝視する対象には、子どものぱちぱちは入ってないのです。あるいはアアロンという人間がそもそもにぶいのかもしれません、そういう細かな動きや静かな物音に。細かな静かなものを感知する能力に欠落しているのかも。

それでも、アイスクリームを食べにいきます。いっしょに。アアロンと子どもがアイスクリーム。選ばせると選ばないでだまっているので、ほんとうに選べないので、何も選べないでだまりこくってしまうのです。これは日本の子どもの特徴なのかとアアロンにきかれましたが、わかりません、何ともいえません。でも、アイスクリーム屋のカウンターの前でだまりこくっているのはたしかにうちの子どもです。ぱちぱちするあの子ども。それでアアロンは、選ばせるのをあきらめました。最初から適当に選んであたえるんだそうです。子どもはすなおに受け取って、うれしそうに食べるんだそうです。それがゆいいつの、アアロンと子どもとのコミュニケーションでした。

依存体質じゃないらしく、子どもはコンピュータにのめりません。日本にいたころは始終動いている子どもでした。ものを集めたり、何かつくったり、それもしなくなりました。庭に出て、あかんぼ用のコンビカーに乗って、ゆらゆら揺れながら、ぼーっと空を見つめています。あの、れいの、青い空です。ユーカリの梢の浮かびあがる空です。

学校じゃ、にこりともしません。話しかけられても、そっちの方を向きもしません。先生に近よってこられると、こわばって、うつむいて、机にしがみついて、先生のあきらめて立ち去るのを待ってるようなんだそうです。その間にも、さかんにぱちぱちして、ぎゅうっと顔をしかめるんだそうです。友だちはひとりもいません。子どもたちからは、何もできないやつと思われているんだと、子ども本人がいっていました。でもじっさい何もできません。できたって人前では何もしません。体育のときに立ちあがる、音楽のときに声を出すってことすら、しないんですから。

親は考えたこともありませんでしたが、何かの精神障害を持ってると、思われているようです。あるいは知らないうちに持ってたのかもしれません。そんなもの、と親は思ってましたが。

童話にありました。にこりともしないお姫さま。それを笑わすために遠方から王子さまがやって来ては、失敗して首をちょん切られる。

お話では、ハンスだったかジョージだったか、名前を忘れました。名前は、なかったかもしれません。太鼓たたき、鉦たたき、あるいは、笛吹き、いや、したてやだったか、とにかくそういう職業の男がやってきて、小ずるい手を使うんでした。お姫さまは、ぱちぱちぱちぱちぱちしています。お姫さまの手には、ものいう黄金のまりが、ぴょんぴょん鳴きながらはねています。それがついとすべって、はずんで、お池の中におっこちてしまいました。そんなお話。ハンス、ジョージ、とにかく男は、小ずるい手を使って、とうとう笑わすんですが、この子どもは、学校で、しゃべりません。先生の名前はミスターZ。ハンスでもジョージでもない。東欧系のこみいった名前ですから、覚えられない子どももいるんでしょう、ミスターZと呼ばせています。隣のクラスの担任はミスターKです。やはりひどくこみいった、覚えにくい、覚えたつもりでもどこか微妙に覚えまちがいしちゃって、その覚えまちがいが、ミスターKの自尊心をいちいちいらだたせる、よし覚えたとしてもとてもじゃないが子どもの舌がまわりそうにない、そんな名前なのにちがいありません。

子どもは毎日、学校に行きます。にこにこして威勢よく朝は出かけ、にこにこして威勢よく午後に帰ってきます。そして持っていったサンドイッチのことをあたしに話します。おいしかったんだそうです。明日はもっとバターの少なめがいいんだそうです。

宿題は、ときくと、ない、といいます。そういうときにも、ぱちぱちぱちぱちしています。そして外に出てコンビカーに乗ります。何時間でもそうやって乗っています。

そういう子どもです。

もっともっとと、濡れた犬がまつわりつきました。まつわりつかれて、子どもはうれしくってたまらないんです。しっぽを振りたがっているような感じだっていうのも、あたしにはよくわかりました。でも声が出ません。恥ずかしくって、声が出ません。犬も英語で育った犬ですから、子どもは気後れしてしまって、ぱちぱちぱちぱちしてしまって、声が出ません。それでもまつわりつかれてるうちに、ようやく子どものしっぽが、ぴくぴくと振られる。それから大きく、振られる、そおれっと、しばらく振らなかったからすっかりさびてしまった、よいしょっというような動きで振られる。

まったくほんとに、学校も子どもたちも先生も、みんなレトリバーやシープドッグだったら苦労はないのにとあたしは思いました。アアロンも、この子どものためには、大きくて毛深くてゆったりとした、犬か、犬みたいな何かか、そういうものだったらよかったのにと、犬とあそぶ子どもを見てると、思えてくる。

それでですね、空は、あきれるくらい青いのです。そして、海は、同じ色をしているのです。

これがびーちです。

ぱーくは、ほんの歩いていける距離です。それがあたしが、ぱーくよりびーちに行きたいと、いつも思ってしまう理由のひとつです。あたしどうも、車に乗ってぶっうっと走り出して、しばらく走っていなければ、どこかへ行きつけないような気がするものですから。

どこって、えーと、空間的にも。感情的にも。思考的にもです。

ぱーくなら、あたしの住んでるところからひとつづき、ユーカリさえひとつづきにつながっていて、何もとぎれません。もちろん空間も、感情も、思考もです。ぱーくの方が、あたしの住んでる敷地よりもずっと、ユーカリの木の数が多いので、不毛性もずっと強まってきます。ユーカリの木立さえとぎれれば、オキザリスも、カリフォルニアポピーも咲いてるし、芝生さえ、あります。芝生の向こうには、白っぽくれたセージの藪がどっと広がって、青空はすっきりと晴れわたっていて、その下は、これもまたなさけないくらい荒涼としています。ときどき地リスやトカゲがちょろちょろしますが、トカゲも地リスも、セージの藪と同じ色をしているので、荒涼感はそのままなのです。

でも、それもこれも、ユーカリの木立のとぎれたあたりからやっとはじまります。ユーカリのあるかぎりは、何にも生えません。

あたしが見つけたのは、ユーカリの木立の間に自然に生え出てきたユーカリの若い木でした。小さな、幹もまだできてない、葉っぱだけでできてるような幼木で、ただ見ただけ、さわってもいないのに、子犬をなでたような感触が伝わってきました。やわらかい、さわさわとした。葉は丸くて、成木とはまったくちがっていました。不毛感がまるっきりありませんでした。まあかわいい、とあたしはつい口に出しました。

こういうものが庭にいくつもいくつも生えていたらとあたしは想像して、想像しただけでうれしくなりました。庭には、かわいいものがほしいんです。まあかわいい、と毎日毎日、おもてに出るたびに、まあかわいい、とつい口に出せたらどんなにいいかと。あの、ユーカリの毒素でいっぱいの庭に、毒素でいっぱいのユーカリの幼木を植える。若い毒素は、古い、年老いた毒素にきっと打ち勝つ、かならずそだって適応する、とあたしは思ったんです。

ぱーくにあるのは、芝生と、芝生の上のピクニック用ベンチ、それにぶらんこと、すべり台と、砂場と、水飲み場と、公衆電話でした。芝生の向こうのセージの藪のかげで、寝ていた人が、立ちあがりました。それで地リスが一匹、さささささっと穴へ走って入りました。

おかあさん、何かあるよ、と子どもがいいました。ユーカリの木立の間を指さしていいました。たしかに何か、そこにありました。

コアラの死骸みたいだよ、見に行こうよ、と子どもがいいました。スカンクの死骸じゃないよ、ちっともにおわないし、白と黒でもないでしょ、と子どもが。

ああそうね、コアラ、死んでるのかねえ、とあたしがいいました。あかんぼは、ぶらんこの、小さい子用のベルトつきのぶらんこの中ですっぽり監禁状態でした。あたしはただそれを揺すってやるだけでいいのでした。

　ぶぶぶぶぶぶと音が聞こえてきました。

　おっぱいーβ《Ä□ó、とあかんぼが叫びました。空をゆびさしてさけびました。見上げると真っ青な空で、そこには飛行船が浮いていて、ぶぶぶぶぶぶと音はそこから聞こえてきました。

　おっぱいÇ・zé‰、とまた叫びました。今回は聞き取りました。えあぷれいん、といってるつもりでした。おっぱいじゃなかったんです。やっぱり、空を見上げて、おっぱいはないだろうなと、親としても。

　びーっぐ、びーっぐ、びーっぐ、とあかんぼはさらに、くくりつけられたぶらんこの中から、揺られながら、空を見上げて。びーっぐ、おっぱい、ぶうー、かい。

（大きい飛行機）（青い空）

びーっぐ、びーっぐ、びーっぐ、おっぱい、Ê□Bμf‰é、ぶうー、かい。あかんぼは、身を乗りだして、見上げて。

□b□b》fÄ、ばいばーい、おっぱーい、ぶうー、かーい。

ねーねー、死んでる、ぜったい死んでる、ほらおかあさん、見に行こうよ、ぜったいコアラ、とこっち側では子どもがあえいで、あたしにまつわりついてきました。やっぱりオーストラリアからユーカリを持ってきたときに、いっしょにコアラまでついてきちゃったんだよ、と子どもが、あたしの手を取って。その手は死骸に興奮して、汗ばんでじとついていました。そうじゃないかと思ってたんだ、やっぱり、ユーカリだけ来て、コアラが来ないってのは、どう考えても、おかしいもん。

おかあさん、おなかの中が出てるみたい、ひかれたんじゃないみたい、コヨーテにやられちゃったのかもしれない、だって、ひかれたんならこんなとこで死んでるはずないもん、コヨーテ、このへんにもいるんじゃないかと思ってたんだ、ねー、見に行こうよ、ほら、すっごくこわいよ、と子どもが、じとつく手であたしの手をひっぱって、いいました。

それがぱーくです。

ここでも空はひどく青いのです。しずかな、動かない、青い空が、見わたすかぎり。

飛行船が遠ざかっていきました。ぱーくの上空からぴーちの上空へ向かって、そしてそこから、おーい、どこへ、行くんか、ぐるうっと海の向こうの、はわいの、もっと向こうの方までーと、こんな、へんな、山村暮鳥のまねなんかしている場合ではありません。飛行船は、みるみる真西に向かって、まるでまぐろやかつおみたいに、漂いながら遠ざかっていくばかりです。

かくりかくり、かくりかくり、と音が近づいてきました。アアロンの白い頭が、傾斜している芝生のその卜の方にひょっこりとあらわれて、近づいてきました。

明日、アアロンは手術です。今晩の十二時に、入院です。だから、ふだんならぜったい来やしないこんなぱーくに、一足歩けばかくり、二足歩けばかくりかくりと、ああ時間がかかる、すごくゆっくりとした歩き方ですが、歩いてきました。おなごり、おみしり、いいえちがう、ことばが出てこない、何かそんな語感の、かなしげな、せつないような、みおさめ、そうそう、見納め、本人は見納めのつもりなんです。そんなに深刻にならなくたって、たかが股関節です。何もかも、前回で経験ずみです。わかっているからちっとも不安はないんですよ。

いえす、ある、いえす、ある、とようやくここまでやってきたアアロンがモンティパイソンのまねをして、いいました。

のー、ない、とあたしも。

いえす、ある、とアアロンがまた。

はーあーゆ、とアアロンがぱちぱちする子の肩に手を触れたら、とたんに子どもの顔が、ぱちぱちぱちぎゅっとひとしきりさわがしく動いて、でもぱーくです、そんな音もこの空間にまぎれていってしまうんです。mbÆa°o¨Dn˜、あかんぼが叫びました。アアロンはぶらんこを、ひと押し大きく押してやったんです。すくいーくー、すくいーこー。手術がぜんぶすんだら、アアロンはやせなきゃいけません。この体重をささえるためには、足は細すぎて、人工の股関節はもろすぎるんです。胸は厚すぎて、頭も大きすぎるんです。空を見上げただけで、ひっくりかえってしまいそうです。ひっくりかえってしまったら、それっきり起きあがれずに、ただそこに広がった青い空を見ているしかないんです。ええ、それでもいいかと思いますが。ずっと空を見ているのも。

ラニーニャ

エルニーニョが終わったそうですね。

誰に聞いたか忘れましたが、聞いたのはたしかです。

それで今度はラニーニャだそうですね。不思議な命名です。エルニーニョの女性形だということならわかります。

今年の冬は、雨だらけでした。

豪雨といっていいほどの雨がひんぱんに降りました。

屋根は雨もりがして、床は湿気で膨張して、家の前の道路は水があふれました。あたしたち、こっちに、傘なんて持って来ませんでした。向こうじゃ何本も何本も持っていたんですが。

あたしが初めて一人でここにやって来た年は、あとあと子どもをぞろぞろひき連れて長居をするだなんて考えてもいませんでしたけど、あの年は、長年つづいた日照りの五年目でした。

五年間雨が降らなかったところへ菜種梅雨なんていう季節の日本から行ったもので、

ずいぶんおどろきました。空は青くて、何もかも白っ茶けていて、乾いてひびわれてざらついて。いいえ、外国ですから違った風景はあたりまえで、それを期待して出ていったわけですから、それでよかったのです。現状を、受け入れることができました。とまどったのは、日本に帰ったときでした。何もかもが緑の葉でおおわれていたもんですから。その葉の色が、ただの緑というんじゃない、明度の強すぎる緑、光のかたまり、目がひりひりしました。開けていられませんでした。おーい、とあたしは叫びました。どこにいるの、と。

こっちこっち、と子どもたちが呼びました。どうしちゃったの、おかあさん。

まぶしくて何にも見えないのよ。

何がまぶしいの。

葉っぱが。

その小さなもの(男性形)というのが、エルニーニョの意味でした。よくわかりませんでした。でもくりかえしているうちに、その小さな男の子、その幼子(男)、その男童子、男わらし、ほら、だんだん、意味が明瞭になってくるような気がして。

ほんとに大がかりな気象の変化でした。いろんなところに影響が出ましたから、それで、小さい男の子だなんて、どうもちぐはぐと思っていたのでした。でも、大きければ大きいほど小さくなるものってほかにもあったような、そんな感じを思い出した。

ラニーニャは、その小さなもの(女性形)、その女わらし、その少女たち、娘たち、いえ女性形であっても複数形じゃないと思うんです、でもイメージとしては、複数の女の子たちがわらわらわらし波をこえてこっちに向かってやって来るような気がしてました。

ラニーニャになったらこんどは、太平洋の向こう側で雨が多くなって、太平洋のこっち側では日照りがつづくことになるんだそうですね。またあの、日照りの五年目のような色にもどるんでしょうか。あの日照りが、そのあとどれだけつづいたのか知りません。あの年、あたしはここに三か月間いましたが、雨は一回も降りませんでした。車は汚れて、それがまるで、ほこりで、密閉されたみたいな状態だったんです。

エルニーニョのことは、しょっちゅう話題にしていました。アアロンとも話したしケヴィンとも。雨だ風だと、現象が、実際に把握できていましたし。でもラニーニャの正体は、あたしはまだ、つかめてません。どうして女性形でなくちゃならないのか、おとなの女でないのはどういうわけか、そういうことも。こんどはラニーニャが来るんだと、あたしにいったのは、きっとケヴィンかアアロンかです。というか、少なくともその時期、そのくらいしか、あたしのまわりには人がいなかったのです。

雨はあいかわらずやむ気配がなかったんですけれど、フリーウェイの両脇が黄色くなっていました。それであたしには、冬が終わったのだということがわかりました。

アカシアが咲きはじめました。

ただの草叢やただの立木だったんです。フリーウェイの両脇に、いつも変わらずあるような。それが突然、黄色くなってきました。

何が起こったのか、はじめはわからない、木全体が変色してくるんですから。葉は緑で、いつも変わらず緑なんですが、その根もとから上へむかって、黄色に染めあげられていくような、黄色が、中から吹き出してくるような。それも一本二本じゃありません。みるみる。いたるところで。刻々違う色になっていくんです。どんどん濃くなっていくのです。

それを見たくて、あたしは車を走らせたわけです。行った先行った先が黄色くなっていました。ひきずられていくように、どんどん行きました。あい子もグミも連れていました。フリーウェイからフリーウェイに、それからフリーウェイをおりてローカルな道へ、なるべく木の繁っていそうな道にずんずん入って、それからまたフリーウエイに出て、とにかくずっと雨でしたから。

雨ばっかり降っていました。この冬は、冬中雨でした。それでいたるところで洪水が起こりました。

カリフォルニアのドライバーは、雨の中の運転ってものを知らないんだと思うんです。こわいです、これは。まず雨をろくに知らない。傘なんて持ったこともない、車から出たら走りゃいいんですから、建物に向かって。雨にうたれて、全身濡れて、つめたーくなってなんて経験はしたことがないのに違いない。たしかに、エルニーニョの前は、それでよかったんです。それで、雨は、どんどん激しくなっていきます。

しんかいる、ぱっきっいいんん、ばい、あ、ぴっかっぷ、と思わず声に出して歌い出すと、またおかあさんのあの歌、といってグミが笑いました。あい子も。いいんです。笑われたって。あたしはこればっかり歌っているから。十六七の子どものころから、歌いつづけているんです。当時は英語なんか知りませんでした。意味を無視して歌ってきたから、英語のはずがすっかりなまっちゃって、むかーし、歌詞カードの翻訳を読んだ記憶はあるんですが、忘れました。自分でも、何いってんのかわかんないんです。でも、フリーウェイを走ると、これを歌いたくなる。

ていきっだうんとぅーえるえええ、おもわず高らかに歌いあげちゃって、おかあさん高すぎる、とあい子がいいました。

ほっといて、あたしが歌いたいんだから、歌いたいように歌うんだから、とあたしはいい返しました。笑いながらです。内心すごく真剣で、かみつきそうになってるんだということを気取られないように、笑いながらです。

たしかにあい子のいうとおり、いつも高い声で、最初の、しんかいる、をはじめちゃうから、それでひきつづき全部を、高い声で歌いつづけなくちゃいけなくなって、四苦八苦します。あたし音痴音痴といわれてきました。分析してみたことだってある。声で音が出せないんですね。高い音も出なけりゃ低い音も出ない、半音上げ下げした音も出ない、出ないから無理矢理出せる音で間にあわせて歌っちゃって、その上、リズムが等時拍になっちゃうもんだから、あたしが歌えば、何でもお経みたいでした。

この歌も、あたしは歌ってるつもりなんですが、人が聞けばお経かもしれません。あたしにはわからないです、他人にどう聞こえているか、あたしの聞いてるものが他人にも同じように聞こえているか。何も自信がありません。

ことばならわかります。使えるっていう自信もある。だから歌じゃなくておまじないなら、どんなことばだって高らかに唱えられるんです。あたしにとってはこの歌も、まじないに近いのかもしれません、何十年も歌いつづけていると、歌が、まじないに化けていくか。

しんかいる、ぱっきっいいいん、

ばあい、あ、ぴっかっぷ、

カリフォルニアに来たばっかりのころ、ピックアップが何か知りました。日本じゃ知りませんでした。それでこの歌、ばい、あ、ぴっかっぷ、車を買おうっていってんだということがわかりました。もともと西海岸の歌なんです。長年歌いなれた歌だっただけにひとしおでした。意味がわかるって。

中古のピックアップでも買おうかっていうような感じ、あたし思うんだけどって、そういうつぶやくような感じ、あたし思うんだけど、もう何もかもやめにして、中古のピックアップでも買って、荷物をまとめて、どっか、LAにでも行くとするかなー。

どっか、LAにでも行くとするかなー。

ピックアップはどこにもかしこにも走っていました。カリフォルニアは雨が少ないからあれでいいんだろうと思っていたらとんでもなかった、この雨です。

今しも、巨大な銀色のピックアップがぬっとあらわれて、あたしの車をかすめて走り去ったところでした。あたしのはコンパクトですから、ぐらぐら揺るぎました。大量のしぶきを浴びせられて、ステアリングをにぎりしめても、車が揺るぎました。

歌をやめて、あたしは悪態をつきました。聞こえるか聞こえないかの声で。かわいいもんです、あたしの悪態。やめてよねまったくとか何やってんのとか、そういう、基本的に女ことばですから悪態の語彙がない。悪態をつくなんていうことをしてこなかったせいですね、悪態がつけないんです。悪態をつかなくてもすむよう身を処してきたし、そう育てられてきたし。破れかぶれな、負けるとわかっているような、泣きわめくかわりの悪態なら、ついたことがある。もちろん男にたいしてですが。

ばかやろう、と後部座席から大声であい子がどなりました。銀色のピックアップにたいしてです。

変態、てめえいっぺん死ね、どっか行け、とあい子が。

もう行っちゃったよ、あいちゃん、そんなにひどいことといわなくてもいいじゃん、と助手席のグミがいいました。うるさいね、人のことはほっといてよ、あんたなんか、とあい子がグミをののしりはじめちゃったので、あたしは聞かないふりをしました。

巨大なピックアップは男臭くって、ちょっと、たまらない。走り去っていくピックアップは、もはや車ですらなく、建物と間違えてるんじゃないかと思うような。腰高にタイヤがついていて、タイヤだけが走ってるような、でもいちおう車のつもりですから運転席もつけときましたってな感じの。

それが動いて、行ってしまった。すごいスピードで。

塗料はかがやく銀色で、雨の中でぎらぎら反射して、あんなもの、ぜったいに車じゃない、男ですよ、男があのいった猛々しい車に乗ってそこのけそこのけと、しぶきをあたりにはねちらかして、いやだな、どんなセックスをと一瞬思いましたが、何しろ一瞬のことで、もうそのピックアップは、カゲも形もありません。

あれだけのスピードならかならず起こっているはずのハイドロプレーニング現象を見ようと目をこらしましたが、なにしろ一瞬で、見きわめかねました。

ハイドロプレーニング現象は、雨の日の、時速八十キロ以上で起きるんです。教習所で習いました。へんなことばなのですぐ覚えました。数字もキリがいいし。でもハイドロプレーニング現象について知っているはずのあたしが、もうすでに時速八十マイル出しているこの状況です。カリフォルニアの人間は雨の日の走り方を知りません。雨の日でもかまわず飛ばすんです。それであたしもつられました。つられてひきずられて走ってしまう。マイルですから、キロにしたら、とんでもない。ハイドロプレーニングどころじゃないんですが、頭の中で、むかしおぼえた八十という数字ががんがんして、だからかえってそこまでスピードを出さざるを得なかったのかも。数字にひきずられます。ひきずられます。八十にこだわってみたところで、前の車との距離もつまっていかないし、後続車もついてくるので、適当な速度かも知れません。でも、このまま行けば、ハイドロプレーニング現象はいつか起きる。

そういえば、窓が曇って視界がひどく悪かったんです。息が充満していました。で、冷房をかけました。たちどころに曇りは晴れるんですけど、そのすばやさがまたあっけないと思えて、後ろの窓も電気をとおせば、みるみる晴れていくし。あたしは不満だらけでした。でも、そうやって曇りを晴らしてみると、あたしのまわりには、事故車がやたらと多いじゃないですか。

あっちでもこっちでも、色とりどりの車が、事故ってひっくりかえっているのが見てとれるじゃないですか。真後ろを向いて停止しているのもある。ここは一方通行の自動車道です。まかり間違ってもあの方向に車が向かうわけはないんです。

あい子もグミもとっくに気がついていました。おかあさん、また事故、おかあさん、ほらぐしゃぐしゃ、おかあさん、人が車の中にいたよ、とあい子もグミもはしゃいで。どうして事故は、こんなに気持ちをひき立てるんでしょう。でもどこかすごく真剣になっちゃって。狩られているときってこんな感じかもしれない。ねー、そうじゃない、よい狩りをっていいたくならない、とあたしは子どもたちにいいました。

ぱっと花が咲いたみたいな鮮やかな色、車は色とりどりです。銀色も事故っています。紫も事故っています。マリンブルーも事故っています。赤も事故り、白も事故り、人々が、色とりどりの車からはいだしてきます。命からがら。そこに雨が、ざあざあざあざあ降りそそいで。カリフォルニアの人々は雨を知りませんから、雨にうたれて、そのままどうしていいかわからないように立ちつくしているのです。人々も赤だの黄色だのオレンジだのとさまざまな色の物を着て。まるで、ぱあっと花が咲いたみたいな鮮やかさ、雨の中に。

いいえ、花が咲いたらこんなに色とりどりになんてなりゃしません。ほんものの花は、今は、黄色一色です。花はつぎからつぎへと咲くんですが、咲く花という花、どれもこれも黄色なのです。今の今も、ほら、両側が。

LAにでも行くとするかなーと今も歌っていたところでした。それがいつのまにか、このままー死んでーしーまいたいーに移行しました。まったく別の歌ですが。こんな歌、ぜんぶ知ってるわけでも、歌いなれているわけでもない。でも歌わざるをえない。アカシアが咲いて雨が降ってるんですから。人々が死ぬか生きるかの瀬戸際なんですから。口をついて歌が、出てくるんです。歌いだすともっと歌いたいから、でもそれだけしか知らないから、しょうがない、いつのまにか、かなーしくてかなあしくて、とてーもやーりきれーないという別の歌に、移行してしまいました。歌ひとつきちんと歌いこなせない。それがかなしい。グミが笑いました。あい子も笑いました。なにそれ、だっさー、おかーさん、へーんって。

あたしは冬と春の境目のあいだじゅう、雨が降ってアカシアが咲いてる間中、何べんも何べんも、この歌を歌いました。

あいまいなカリフォルニアの冬でした。どこが冬なのか、あいかわらず朝顔が咲いてブーゲンビリアも咲いてるんです。でも今年は、とくべつ雨が多くて海が荒れた。エルニーニョのせいです。

アカシアの花が咲くころ、砂漠ではカクタスの花が咲くんです。雨はあそこでは降りません。砂漠いっぱいに生えているカクタスが、この時期いきなり空中に枝葉を伸ばしていって、カクタスという存在を別のものにトランスフォーム、しようとして、動物なら発情です、まったく、枝葉の伸びる音が、たえまなくしゅるしゅるしゅるしゅる聞こえてくるような、そんな状態です。先端に花が、さいしょは小さなとうがらしみたいに見えますが、どんどんふくらんで、腫れあがっていって、しまいにカクタス全体がまっ赤になり、砂漠全体がまっ赤に染まるんです。

海へ向かう道はいつも真西へ向かう道なんですが、そのつきあたるところに見えるはずの青い海が、何日も何日も見えませんでした。海と空の境目なんて、はじめからありもしなかったという錯覚を持つくらいでした。

海も空も、濁った、重たい、ずるずるとひきずられていくような色でした。曇天の色が海にうつってそうなったというより、鉛色の海の水が空にぺたぺたとはりついていったみたいでした。

海岸にはいろんなものが打ち寄せられていました。

それもたしかにエルニーニョのせいです。この冬は、海が荒れました。

夜の満潮が、いろんなものを海中から持ってきて、浜辺や道路の上にいちめんにぶちまけるのでした。人間の頭くらいある石がごろごろころがっていたし、木っ端や、根っこつきの海草や、いろんなもの。ざっぱーんと高波が海の底から大岩をさらってきて、海沿いのレストランの、海の見えるガラス張りの一角を打ち砕いたりもしました。

道路は封鎖でした。それで車の群れがいっせいにフリーウェイに流れて、朝のフリーウェイは渋滞がひどかったのです。

浜辺に竹が散乱している、根っこのついた竹、まるまる長いままの竹、それが浜辺いっぱい、いったいどこから、とケヴィンがいいました。

ケヴィンがあたしに、竹の話をしたのです。

あたしは半信半疑でした。ケヴィンは竹ってものをよく知らないでいってるんじゃないかと。あれはぜったいバンブー、浜辺じゅうだったよ、どこの浜辺も、足の踏み場がないくらい浜辺じゅう、それで誰かがティピーを作って、とケヴィンがいいました。

いったいどこから。

太平洋の向こう側から、わかんないけど、来るのかな、そんな遠くから、でもこの辺にはそんな竹なんか生えてないからね、やっぱりエルニーニョのせいだと思う、ちょっとやそっとの量じゃない、竹の島がいくつも消滅しちゃったくらいの量だった。

昼間でも波は高くて、寄せてくるたびに、人々が逃げまどいました。人々は、荒れた海をわざわざ見に来ていたんです。いるんですね、そういう人が、物好きにも。あたしの他に。

あたしね、ケヴィンにそういわれて、もう矢も盾もたまりませんでした。それで子どもを連れて見に来たんです。荒れ果てたものを見たかったんです。どんなふうに荒れ果てているか、たしかめておきたかったんです。行き慣れた浜辺が荒れてるっていうでしょ、しかもそれが竹だっていうんですから。

　荒れ果てたところに立つと、いつだって、どこかに行かれるような気がしました。それを期待していたところもあったんです。それならほんとは一人で見に来るべきだったんですけど。やっぱり子連れじゃどこかに行こうにも足を取られちゃって。

　取られようとしているのかも。どっかへ行ってしまう覚悟は今はできてません。あたしは今しばらくはここにいて、人の心配、人の世話をしていたい。はは、名犬ロンドンみたいなおかあさんってか。あたしは、見せたかったんです。遊びなれた浜辺が荒れ果てているところ、それを、ほら、って子どもに差し出して。

　内臓をあばいて見せるような感じ、子どもにそういうものをわざわざ見せたい感覚って。ここまでいっしょに来たんだから、行くとこまで行ってもらうわよっていうか。酷ですが。でもグミは、好きだっていいました。ひろーいところ、荒れ果ててるところ、まっくらなところ、木が繁ってるところ、なんでも、近づこうとするとぞくぞくしちゃうよね、ってグミがいいました。

　昔日本にいたとき、よく夜中に、あいちゃんとおかあさんと三人でドライブに行ったよね、まっくらな道をわざわざ行ったじゃない、まっくらで、ああいうのもだいすきだったんだよね。

なんで夜中に子ども連れてわざわざ暗い道をドライブしなけりゃいけなかったのか、グミは幼くて考えもしなかったんでしょうけどね。

あいちゃんはそのドライブ嫌いだったんだよ、いやだけど、みんな行くから、残ってるのもいやだったから、ついて来てたんだって、とグミがいいました。

あい子は、浜辺には、ついて来ませんでした。

波打ち際がゆるやかな線を描いて北から南へ伸びていってるきれいな砂の浜辺だったんですが、ざっくりと削り取られていました。

削り取られたあとの浜辺が、まるで死骸みたいに、そこに打ちあげられて横たわっていました。波が来るたびにその削り取られたところもざぶりざぶりと、道路までざぶりと波がかぶっていました。

根っこつきの、洗い晒しの竹が散乱していました。

波が寄せて、ひく、するとそこに石がごろごろと転がって動きまわるのです。あの石はどこから来るのか、近くの海底か、遠くの海底か、波が持ちあげて放りなげてきたんです。ざぶりざぶりと。そこに竹です。長い、まるのままの、洗い晒しの竹が。

ざんばらざんばらと音を立てて、暗い海からすごい力で放りなげられる竹が、目に見えるようだ、あたしの目に。

グミが荒れ果てた海岸にざくざくと降りていきました。あたしはこっち側で見ていました。そしたらグミだけずんずん、竹の中に足を踏み入れていって、つっつきまわって、とうとう、長い竹をまるごとひきずってきました。

洗い晒されて、丸坊主になっている竹です。いったいどこから。

なもしらーぬとおきしーまよーり。なにそれ、とグミが笑いました。何にも知らないんです、グミは。あまりの知らなさに感動さえしますよ、ときどき。だいじょうぶかなって思います。それでグミは、知らないもの、情緒的なもの、感傷的なものに接すると、かならず、笑いとばすか馬鹿にするか、するんです。だまって聞けってあたしは思いましたけど。歌、とあたしは端的にいいました。こういうことについての歌。

どこから来たんだろうね。にっぽんとか。うそー。わかんないよ、来るかもよ。遠いじゃん。洪水で流されちゃった人が、何百キロも離れた海のど真ん中で見つかったことがあったんだって。

死んで？

死んで。

いかだでポリネシアから南アメリカまで来るんだから、竹だって。ポリネシアって？　日本の南の方。竹ってそこに生えてるの？　知らない。

そのときはそれっきりでした。グミは竹をずるずるひきずって帰りました。車の中がいっぱいになっちゃって、運転するあたしの後ろ頭をしきりに竹の先端がつっつきました。もっと早かったらカドマツにしたのにね、タナバタにするには葉っぱがないしね、とグミがいってました。

うちに帰ってからあたしは、コンピュータの百科事典をあけて、調べてみましたが、知りたいようなことは、何もありませんでした。竹と同じ項目には、パンダとか箸とか、そういうアジア的な項目がいっぱい並んでいました。竹はアジアでした。

ケヴィンがいったとおりでした。海岸に打ち寄せられた竹は、一本や二本じゃなかったのです。竹でおおわれた島がいくつも、まるごと海にのみこまれて、海にもまれて、ほぐされて、分解してしまったのだと思います。ティピーの骨組みが、そこに、太平洋に向かって立ちあがっていました。竹を立てかけて、放射線状にひろげて作った。あと、バッファローの皮があれば、りっぱなティピーができあがるところでした。

戸を開けると、風が入って、どこか向こうでドアがばたんとしまりました。

あい子の泣き声が、遠くから聞こえてきました。ぴいいいと鳴って、やかんかと一瞬思って、それからすぐに、あい子だと、現実を思い知りました。

ぴっぴっ、ぴっぴっ、それから、たらーん、と警告音が鳴りました。あがりです。ゲームです、アアロンのやっている。アアロンは、耳が遠いのです。とくに、高い音は聞こえないんです。たらーんも、ぴっぴっも、聞こえてないかもしれません。あい子が泣いている声も、聞こえてないと思うんです。

ただいまと大声で、まるで大空にむかって叫ぶように声を張りあげて叫ぶと、おかえりと、アアロンが声を張りあげて返しました。

あい子の泣き声が、ぴいいいいーっとひときわ高くひびきわたりました。

股関節の手術をして以来、アアロンは客用の寝室で暮らしていました。あたしたちの寝室は二階の日あたりのいい、海からの西日もじゅうぶんにさしこむ部屋だったんですが、アアロンが階段を登れなくなりまして。歩行器に頼りながら移動できるところといったら、階下のこの寝室しかなかったのです。そうして、ベッドのわきにコンピュータを動かしてきました。まあ、しようと思えば仕事も、でもなかなか仕事をする気にはなれない、不思議だ、こんなに時間があるのに、健康なときに仕事に集中するようには集中できない、身体が回復しようと戦っておるのだよ、とても不思議だ、といいながら、アアロンは、一日中ゲームをやっていました。

アアロンが寝たきりでも、どうせ子どもたちとはたいした交流があるわけじゃなし、台所のことだってたいていあたしがやってましたから、ちょっと買い物が不自由になるばかり、かえって一日中うちにいて、電話で外界と交渉することもできるし、あたしも話相手がいつもうちにいて、とあたしは思っていました。あさはかでした。アアロンが寝ついてからというもの、頼るものは自分だけという状況にゆるやかに追いこまれたのが感知できました。いえ、はっきり宣言されたわけじゃない。でも感知したんです。アアロンはベッドの脇のコンピュータで、ゲームをやっていました。ゲームに勝てば勝つほど、アアロンは不満が多くなっていきました。あたしの不満もたまっていきましたけど、アアロンの方が不満が多くなっていったのはおもしろい現象だったと思います。

そんなときにあい子がああなっちゃって。

雨はあがりかけていたんですが。

あい子がやせはじめたのはいつだったか、恥ずかしい話ですが、気がつきませんでした。アアロンがあい子を見て、この子はちゃんと食べさせてもらっていない子のようにやせている、といったのはいつだったか、あははは、と笑いながらあい子は走っていきましたが。

あの子はいつだってあんなふうにやせっぽちで、とあたしはいいました。そのときはほんとに何も感じていなかったのです。それからあたしがほんの一週間るすにすることがあって、帰ってきたら、もうおかしかったです。おかーさん、あい子はおかあさんのいない間、料理の本ばっかり見ていたんだよ、とあい子が、帰ったあたしにいいました。へんだなと思いました。おかーさん、あいちゃんがあたしのサンドイッチにものすごくたくさんバターをぬるんだよ、とグミがいいました。へんだなと。ずっと仲のいい姉妹でしたよ。あい子とグミ。顔も性格も、ぜんぜん似てないんですが。

それからあい子は、みるみるやせていきました。やせると人間誰しも凄みが出て、へんに垢抜けもするもので、それは十三四の子どもでもそうなんです。平凡な顔立らの子と思っていたのが、人が振り返って見るような、きれいな少女になっちゃって。きれいなのはいいんです、きれいな方がいいですよ、どうせなら。でも性格があじゃ話にならない。あい子の持ってたぼーっとした、春の海のような、ゆったりとして被虐的なところはカケラもなくなって、かりかりかりかりかりして気むずかしい、気まぐれで獰猛な。これじゃまるであたしです。

かりかりするのも、とげとげしいのも、飢えてるんですから当然だったんです。そして、へんに高揚した、テンポの速い感情を、露悪的に、表にあふれさせてくるんですけれど、まだ表現するってことを知らない子どもですから、ぜんぶ引用で間にあわせちゃってました。引用、きまり文句、捨てぜりふ、なんといったらいいのか、あい子が何をいっても、それはどこかで聞いたことのある、不満であり、不安であり、怒りであり、いくらあい子がそれをこっちにぶつけてきても、ちっともあい子自身の核に触れたような気がしないんです。かえってあい子を見失っていくような気がしました、見失っていたのはあい子自身もだったんでしょうけどね。気がついたらぽつんと一人で知らないとこにいて、おなかはすくし、心細いし、かといって気が立ってるから、誰かに近づかれるのもいやで、がるるるとただうなるだけなんですけど、内心怖くってたまらないんです。でも、怖がってるってことすら自分じゃ気づかないでいるっていう、それがあい子でした。

やめてよへんなことというの、あたしじゃないよ、おかあさん、おかあさんなんかに何もわかんないくせに、なんでそんなことというの、いいじゃない、ほっといてよ、とあい子がいいました。

あい子がね、グミに襲いかかるんです。あたしは身をもってグミを、あい子のふりおろすにぎりしめた手、冷たくてかりかりに細くって、信じられないくらい固くって、人間の手というより、陶製の人形の手みたいでしたけど、それからかばってやったこともあります。ほんとうに、ずっと仲がいい姉妹でした。それが、ほうっておけないような状態で。ぶったり、蹴ったり、ののしったり、えんぴつのしんを刺したり、それでグミが、泣き声を立てることも反撃もしないので、あい子はよけいに苛立つのでした。

あい子の髪は、まるであたしみたいに、長く、伸ばしっぱなしに伸ばしていました。ものすごく荒れていて、枝毛でがさがさで、遠くから見ると、犬が毛を逆立ててるみたいに逆立っていました。指の先はささくれ立ち、爪はひびわれていて、皮膚がかさかさ、へんな、黄ばんだ色をしていました。それで、いつも好んで、下着みたいなかっこをして、開けるとこはぜんぶ開けて、むすぶひももぜんぶ垂らしてべろべろ、今どきの女の子はみんなそんなふうなんでしょうけど、それで見せるものといったら、骨しかないんですよ、それなのに、骨が、あい子の存在そのものみたいに露出してそこに。

家の内装は、ただ白くて、壁も家具も何もかも白くて、まぶしいくらいで、日の光がさんさんとふりそそいでいました。どこから帰ってきても、帰ってくるなり、この白さと明るさに、持ちかえった現実がたちどころに後退していってしまうのです。このくそ明るい非現実的さを、わざわざ作り出して、現実にして、アアロンはコンピュータに向かってきたというわけです。

数年前、アアロンはひどい鬱状態になりまして。鬱には、太陽の光を大量に取りいれるべきと考えたそうです。あたしのまだここに来ていなかったときです。鬱鬱とした頭で、抗鬱剤で朦朧としながらも、家中を光だらけにしようと考えたのです。自分をとりまく壁や天井やドアや、そういうあらゆる光をさえぎるものをアアロンは憎みはじめました。

それで自分で図面をひいて、吹き抜けの、ガラス張りの南向きの二階を作り、さんさんと日の光がふりそそぐ大量の空間を頭上に取り入れて、階段をぐるりとめぐらせて、家中の植物が上に向かってぐんぐん伸びて、二階の吹き抜けの空間いっぱいに伸びひろがるようにしました。

数年後の今はたしかに伸びひろがっています。

しかし冷静に計画を聞けば、まず家の半分はぶちこわしてしまおうという。ほとんど現実を否定したいあまりの破壊衝動のような改築計画だったので、鬱のときの重要な決定はしない方がと周囲の人が注意したんですが、アアロンです、何も聞かずに、屋根をぶちこわし、壁に大穴をぶちあけて、みるみるうちに工事を終えてしまいました。

ところがその工事を請け負った業者がかなり手抜きでした。それで、雨漏りはする、二階のお風呂は台所の戸棚にどういうわけかつながって、お風呂のお湯が台所の戸棚からしたたってくる、二階の床はきしむし、揺れるし、おまけに高いところに作りつけたあかりも電球が切れたっきり取り替えることもできないなんてことになり、電動で動くはずの窓の開閉も壊れたっきりで、しかも窓は高くて大きくて、ほんとうにおーきくてたかーいところにあり、だからこそ、電動でなきゃならないんですけれども、手がとどかないから手入れのしようがない。それで汚れっぱなしなんです。あたしは、どうやってあそこに登って拭いてやろうかといつもいつも考えていました。その窓にはいろんなものがこびりついていて、虫の死骸やいつか激突して死んだハミングバードの血痕や、たとえ登って手がとどいたにしてもそうとう気味の悪い作業になると思うんですが、それでもあたしはそれが気になりました。アアロンは気にしていません。

光も空間もじゅうぶんにあるので、あの人にはそれでいいんだと思います。細かい難点は見えていないんだと思います。そんなことより、入ってくる光の多さの方が大切だと思っているのです。

たしかに、前に住んでいた日本の家にくらべれば、いくらでもふとんを干せる日当たりのよさだと、あたしは午後になるとかならず思うのでした。あそこは、ほんとに日当たりが悪くて、地面はぬかるんでいて、ふとんなんか干せたこともなく、汗やら何やらでずっしりと重たかったものです。色だって、しょうゆで煮しめたような色をしていました。

それで、蟻のことなんですけど。ほんとうは夏の終わりに、とめどなくやって来るものなんです。家の中の壁の割れ目という割れ目から蟻がもくもくとわいて出て来ます。目的の食べ物があることもあれば、目的もなくてただざがすためにやって来ることもあります。あたし、最初のうちは、血マナコになって殺していましたが、いつか家の中に蟻の行列ができていることに慣れてしまって、蟻が巣に持ち帰る毒をしかけておくだけで、熱湯をかけたり薬をまいたりという手荒なことは、もう、いっこうにしません。

蟻が多いのも、アリクイが近くに住んでいるからなんですね。いいえうちの庭じゃなく、メキシコ、すぐそこです、車で行ったらほんとにすぐそこ。地図で見たら、この町をしめすマルが、メキシコの国境にほとんどかさなっているくらいのところ。アリクイの解説には、どこにでも書いてあります、原産地はメキシコって。長い舌でひとなめすると、蟻がおびただしくすくいとられるそうです。

でも夏の終わりというのはこっちの思いこみかもしれません。現実に、お風呂場の壁にも、植物の周囲にも、一年中、蟻はいました、行列でした。

お風呂場といえば、あたしはこの間お風呂場で、大きいとかげをつかまえましたよ。首のとても青い。とても大きい。飼おうかと思って、ペットショップに持って行ったんです。でも数百ドルもする大きい水槽が必要だといわれました。そんな高い水槽は買う気にならないから放そうというと、それがいちばんいい考えだと、ペットショップの、爬虫類部門の、ひどく太った、緑のへびを首に、太いベルトを腰に、まきつけた女の従業員がいいました。

こおろぎがうちの中で、植物の周囲で、ほそぼそとですが繁殖しているんです。しばらく見ないなと思っていると、ふと蠅よりは大きくゴキブリよりは小さく死骸のように動かない黒い固まりが植木鉢のかげにある。こおろぎです。そして鳴き出す。それを食べにくるのだとへびを巻いた女がいいました。

アアロンは、こういうものの名前を何も知りません。咲く花はデイジー、鳴く虫はシケーダ(せみ)と総称しちゃってるものですから。秋の夜長、いえ秋の夜長にかぎらず春でも夏でも、四季の概念なんてとんでもなくあいまいですから、ふっとこおろぎが、家の中のどこかで鳴き出す。りーんりーんとこおろぎが鳴き出す。すると、耳障りだ、あれを取り除かなくちゃ、うちの中にセミがいるなんてひどい話だ、とアアロンがいうんです。あれは、しけーだ、じゃなくて、くりけっと、とそのたびにいうんですが、忘れるのか、覚える気がないのか、またしばらくして、こおろきがりーんりーんと鳴き出すと、虫がいる、うるさい虫が、なんだっけ、ゴキブリじゃなくて、セミだったたか、なんてアアロンがいうものですから、辛抱強く、くりけっと、とあたしは教えて、くりけっとが家の中にいるだなんて風流じゃないの、というんですが、アアロンは、いや、きたならしい、うるさい、とゆずりません。でも蟻なら、どんなに行列してても、見えないから気にならないんですね。老眼なんです。度のすすんだそれもかなりすすんだ。

あたしね、日本に、いったい、何を置いてきちゃったのか、ときどき考えます。

連れてきたものなら、わかっている。持ってきた、といえるものは何もありません。連れてきたのは、子どもです。あい子とグミ。

子ども、と考えるたびに脳髄の奥がひりひりするような感じ、子どもってものが、こんな痛みをともなうものになるなんて、ほんのこないだまで考えていませんでした。置いてきたものならいっぱいありました。本とか服とかぬいぐるみとか。ひびが入っても使っていた食器とか集めたびんとか。それから庭に植えて世話をしていた植物も。でも、ピアノがいちばんなつかしい。

すごくおんぼろのピアノでした。

ところどころ禿げちょろけて、脚なんか傷だらけで、折れたのを修理したあともあるピアノでした。てっぺんは、長い間レースのカバーがかかっていたところといなかったところの色目が違って、それはそれはくっきり違って、鍵盤も黄ばんだ歯みたいにずらりと色が褪せていました。

鍵をたたくとスコスこと、気の抜けた音がしました。あんまり古くて、動きが緩慢になっていて、たたいて、元にもどる間に、ゆっくりと時間が経ってしまうんです。元にもどるたびに、スこーんとシシおどしみたいな音がゆっくりと、もちろんそれは、ピアノの鍵本来の音に吸いこまれてってしまうんですが。

ピアノが、家のヌシみたいにどっかり、畳の部屋のいちばんいいところ、日があたらない、風通しのいいところに置いてありました。そのせいで、あとは何にも置けませんでした。すごくせませましい。

蔵井のピアノでした。蔵井が、生家から運んできたものでした。ある日地震で、蔵井の生家が壊れてしまったんです、土台から何からぜんぶです、滅多にあることじゃありませんが。それで蔵井がその始末をしに何回も通って、そのたびに少しずつ、顕微鏡や、通知表やアルバムや、昔聞いたレコードや世界文学全集や、家が壊れちゃったんですから、そういう家族的な、感傷的な、記憶的なものの行き場所がなくなって、蔵井は引き取って運んできました。そしてピアノも運んできたんです。

ピアノ、ピアノ、子どもたちがうれしがりました。

うちに運んできたらピアノは、まるで作りつけのピアノではじめからそこにあったみたいに落ちついてしまって、ぴくりとも動かなくなってしまって。ふすまの前に置いたものだから、そのふすまも開かなくなっちゃって、開かずのふすまだなんていって、もう開けないことにしました。ふすまの中に何が入っていたのか、忘れてしまいました。それっきり一度も開けてません。

蔵井は町へ行って、プレパラートとバイエルの教則本を買ってきまして、あい子に、顕微鏡の使い方とピアノの弾き方を教えはじめました。そしてあい子をたたきました。あい子は泣きました。あい子はぼんやりして、がんこで、蔵井のさせたがることを何もしなかったからです。何度やってもそんなふうでした。蔵井は怒るしあい子は泣くし。指をおろして、弾くようになるまでに、すごく長くかかりました。顕微鏡はいつのまにかうっちゃられて、だって、葉脈を見て、泥水を見て、血を見たら、あとは何も見るものがなくなっちゃったからです。プレパラートも、何枚も割れてしまいました。

蔵井は教えるのをやめました。あい子はピアノの練習をつづけました。あい子は外に、よその先生に習いに行くようになって、それ以来ずっと、あたしたちがカリフォルニアに来るまでは、ずっと弾いていました。教えるのをやめた蔵井は、自分で弾きはじめました。それがいちばんやりたかったことなのでした。もっと早くに気がついていればよかったと、みんな、思いました。

その家なんですけど。もう片時も住んでいられないような荒れ方でした。

だいたいあたし、がたがきたものを、修理をしいしい、あっちを押さえこっちを押さえしてなんとか住みつづけていくなんて地道な生き方はだいっきらい、あ、いけませんか、じゃさよならってな具合に、さっさと飛び出して新天地へと。へっどこが、と蔵井ならいうでしょうが。

おまえ知ってる、と昔、蔵井がいいました。思い出します。思い出します。どんなくだらないことでも、蔵井がいえば、それは何か、すごいことでした。

ある日蔵井はトイレから出てきていいました。ふんぎれが悪いっていう、あのことば、あれはね、うんこするときになかなか切れないでぶらさがってることがある、拭いたってべたべたくっつくような、あれから取ったことばなんだよ。

（そんなばかな話があるかと内心あたしは思ったんですけど）

おれはやっと気がついた、おれも長い間知らずに使っていたんだけど、今わかった、はっきりと、すごく糞切れが悪いうんこだったからわかった、糞切れが悪いというのはどういう意味か。そしていいました。

おまえほど糞切れの悪い人間はいない。何もかもずるずる抱えこんでひきずっていく、どうしてさっさと糞切って拭いてしまわないのか、と。

どんなにばかばかしいことでも、蔵井がいえばおもしろく聞こえました。どんなに現実離れしたことでも、蔵井がいえば、それこそが現実を超越した超現実、あたし自身はどんな事態でも現実的にものを考えちゃう現実的な人間なんですけど、蔵井があたしに語る、語りつづける超現実があまりにおもしろく、あまりに魅力的で、もう現実の堅固な生活なんてうっちゃっていいから、蔵井の語りつづけるこの超現実をあたしの現実として暮らしていこうと、あたしは熱烈に思うようになりました。

うちの中の荒廃もその結果でありますし、あたしがひとところに定住していなかったのも、まさにその結果なんです。

なんていっちゃっていいのかしら、なんかばかみたい、そんなたいしたことじゃないんです、ただの思い出話、思い出話ってどうしてもなんかゆがんでるじゃないですか、でもまあ、とりあえず、そういうことにしといて、つづけます。

蔵井には蔵井の理想ってものがあって、たぶんそれは、家庭の中に置物みたいにして居座っていて、家族のことをしきりに気づかうだけの能なしのお父さんだったり、土車で曳かれていくだけのもっと能なしの餓鬼阿弥だったり、そうしてそんなふうに他の家族たちのわがままや自我や欲望にもみくちゃにされながらも、父として、いつも家族のことをきちんと監視し、ちゃんと生きているか、他人に失礼はないか、生活は気持ちよくまっとうにこなされているか、寝るときは戸締まりをして電気を消しているか、あれこれあれこれと、心配していたわけです。

蔵井の指はうまれつき竹竿みたいな細長い指でしたから、ピアニストの指、指、と人に、小さいころからいわれました。だから、ピアノもその家にあったんです。指は細長いばかりか、骨ばっていて、柔軟に反りかえり、鍵盤を叩きのめす力強さもあわせ持っていました。その上てのひらまで、鍵盤のすみからすみまでたやすく広げられるくらいひろびろとしていました。そしてそれはまったくそのまま、あい子の指でもあったものです。

ピアニストの指を持っているということは、すごいことだと、あたしは思っていました。もともと蔵井は音楽的にはすごかった、とあたしは思っていました。どんな歌謡曲もポップスもCMソングも、歌い出しの一小節を聞けば、あとがわかるんです。メロディは一回聞いただけでくりかえすことができ、あたしが鼻歌を歌っていると、後ろから忍びより、低音部を歌って、ハモらせてしまうのでした。あたしはたちまち混乱して、その低音部にひきずられてしまう、すると蔵井はさっと身をひるがえして高音部を歌い、あたしがまたそれにひきずられていくと、とうとうあたしを叱責するのでした。おまえのような音痴は見たことがない、かえるの歌がからやり直せと何度もいってるのに、我をはってやらないから、見ろ、いまだにそんな鹿の遠音みたいな斉唱しかできないじゃないか。

鹿の遠音というのは、尺八の曲名です。

それが蔵井でした。音楽の才能はすごかったのです。いえ、冗談じゃなく。子どものときはバイエルの途中でやめてしまったというんですが、ピアノを再開して、いさなりショパンの演奏をはじめました。

楽譜を買ってきて、指さばきのかんたんそうなのを選んで、それをとつとつと解読しながら、複雑なところはCDをかけて、耳をすませてじっと聞いて、ピアノに向かえば、だいたいのところは弾けちゃったのでした。

雨だれも小犬のワルツも別れの曲も、蔵井はそうやって弾きました。でも何といってもポロネーズでした。英雄と軍隊の。子どものころバイエルでやめてる人間ですから根気がなくって、何を弾いてもサビはまあ、ちゃんと弾くんですが、あとはだいたい、てきとう、ポロネーズも、その調子でした。

まあいい。素人ですから。そしてその完璧じゃないショパンは、雨霰のようにあたしたちにふりそそぎました。

蔵井の弾き方は、もともとどちらかというとやかましいポロネーズを、もっとやかましく、そうぞうしく、アレンジしたようなもので、たっああああんたったったっあああんた、たららららん、らんらら、たらららったん、と口角アワを飛ばすように、ピアノのすみっこからアワがぶくぶくたってるんじゃないかと思えるほど、息せききって、弾きのめす、そして、まちがえるんです。蔵井はしょっちゅう、まちがえて、つっかえて、素人ですから、でも聞かされているこっちは、つっかえて、汗をかいて、どもって、髪の毛をふりみだして、アワを吹いて、日常の生活をやっていかなければなりませんでした。それでなくても、あたしも、蔵井も、あい子やグミでさえも、もうなんだかすごく世間一般からかけ離れた家に住み、かけ離れた価値観を持って、暮らしていたんです。家はぼろぼろで、今にも崩れそうで、崩れていってもよかったんですけど、蔵井の弾きわたるポロネーズがあったから、崩れずにすんでいた。あたしはいつもいつも、蔵井のポロネーズに心配され、なだめられ、みちびかれ、この崩れかけた家から逃げ出さないように監視され、あるいはとっとと逃げ出してしまえと追い立てられているような気がしていました。

そうして蔵井の心配しながら弾くピアノはやむことがありませんでした。

心配すればするほど、蔵井の指がふるえて、脳溢血の気でもあったのか、指がふるえて、ふるえたままピアノの前にすわると、ますます蔵井の竹竿みたいな指はがたがたとふるえて、どうしてもピアノの鍵に接触してしまうのでした。いったん鍵にさわれば、つい曲を弾いてしまうのでした。そして、それはかならずポロネーズでした。

心配のあまりにふるえる竹竿の指先を、何とか落ちつかせようとして弾くもんですから、ただでさえやかましいポロネーズがなおさらやかましく、たあんたたあんた、たらららたあんたたあん、たらららららららった、竹竿の指先が勝手に弾きわたってしまうだけではない、口では口ピアノが、勝手に、声たからかに、口ずさんでしまうのでした。

茶色いアップライトでした。猫脚のくねっている。

それは、置いてきました。連れてこなかったんです。重すぎました。あい子のためにって、蔵井がわざわざ生家から運んできたピアノです、持っていったらと蔵井もいうので、あたしは考えたんですが、やはり重すぎました。そうしてる間にも蔵井のポロネーズが、たああんたたあああんた、たたたたたあんたたんたたたん、たらららっとひびきわたっていました。

メトロノームがピアノの上に置いてありました。楽譜もおびただしく、置いてありました。今や蔵井のショパンのほかにも、あい子がお教室でやってくるブルグミューラーやソナチネのテキストが崩れそうなくらい山になって。猫も、ピアノの上に寝ていました。そこがいちばん居心地のいい場所だったのかもしれません。

猫が伸びをしました。猫はよく伸びをしました。そのたびに、山と積んであるものが、楽譜もメトロノームも、ばらばらと鍵盤の上に落ちました。

そのたびに鍵がうちのめされてたからかに不協和音が、すると蔵井が血相を変えて飛んできました。我慢がならなかったのです、おいっおまえっと犬のおまわりさんのように猫を叱責して。蔵井は愛猫家でした。猫も、夜はかならず蔵井の胸の上に寝ていました。でも、ピアノをかきみだされた蔵井はいきなり猫をひっつかんで、放り投げようとしたんですが、猫はす速いですから、蔵井の竹竿の指にツメを立てて、蔵井はそれを取り落とし、その傷は膿みました。猫のひっかき傷は膿むのです。猫はよく伸びをしました。猫が伸びをするたびに、同じことが起こり、蔵井の指が膿んだものです。

手が膿んだらポロネーズは弾けません。ポロネーズを弾けなくなった蔵井は、しかたがない、もっと軽くてみじかい、小犬のワルツや別れの曲や太田胃散や、そんなのを弾くしかなくって。

するとやっぱり力がなかったんですよ。

小犬のワルツや雨だれがしずかに弾かれている間だけ、あたしは息せききらずともよい、と感じていました。アワも吹かなくてよい、汗もかかなくてよい、つっかえなくてよい。

あたしは安心して、はめをはずしました。あい子とグミを誘って家庭から抜け出して、夜のコンビニにアイスを買いに行ったりしました。それをみんなで、お風呂に浸りながら食べたりもしました。歯はみがかずに、ふとんの中でいつまでも三人でしゃべっていて、でんきをつけっぱなしでそのまま寝ちゃったりもしました。

つまらないことですが、どれもこれも、蔵井が、子どものいる家庭で子どもたちにきちんとしたしつけをしようと、禁止していたことです。

そういう間にも蔵井のピアノは聞こえていましたし、あたしには蔵井の弾く雨だれの、左手の、と、と、と、と、で、蔵井があたしたちのことを監視しているのに気がついたんです。監視といっては語弊がある。心配しているんです。心配しているから、うるさい小言もいうんであって、憎いからじゃないんだということをどうしておまえたちはわからないのか、と。

と、と、と、と左手がとくに、ずっと自分が管理していた家族の安否を心配してやまないのでした。

だいじょうぶ、ポロネーズじゃないからと、たかをくくっていたのは、あたしよりあい子でした。グミはまだまだ裏表のない子どもだったんです。雨だれはやんで、つぎは太田胃散で、ところがそれが終わるか終わらないかのうちに、とつぜん例の、たあああんた、たああんた、たららららったたん、たらららららったーが始まってしまったのでした。あの、支配的な、ポロネーズ。

手の傷が癒えたんです。

そのときのあい子の驚愕ぶりといったらなかったんです、みもよもなくうろたえて、あたしに精いっぱいしがみつきました。

蔵井は、力一杯鍵を弾きのめして、これでもかこれでもか、いくらいってもわかんないのか、おまえはまったく、と子どもを折檻するように、鍵を、汗をいっぱいかいて、とめどなく。

それで、猫ですけど。

あたしたちがこっちに来るとき、猫のかごの口をあけて、外から帰ってきしだい、中に誘いこめるようにと待っていたのですが、どういうわけか帰ってきませんでした。ピアノがなんとかしてくれるだろうといったのは、あたしです。ピアノだって古くなればそのくらいの能力はあるって。そうしたら、子どもたちがその考えに飛びついて、そうだ、そうだ、誰もいなくなってもピアノがいるからだいじょうぶだ、と口々に言いました。

あたしたちは家を出ました。ほかにどうしようもありませんでした。家を出るにしてもどっかでやりなおすにしても、予定していたメンバーがはじめから欠けてるってのはいやなものでした。


それで糞切れたかどうかですが。あたしは、そのときもすごく、真剣に、糞切れについて考えてみました。

たしかに蔵井のいうようなトイレの中の経験が、あたしになかったわけじゃないので、あたしは納得したわけです、やはり糞切れが悪い。

家がもはや、ひどい状態なのはわかりきっていました。でも糞切れずにいました。散らかりようといったら空き巣に荒らされた直後みたいでしたし、台風のあったあとに、屋根は飛んで、壁は崩れて、塀は倒れて、そのままになってました。あのときはドアの蝶番さえはずれてしまって、風でばたばたはためくものですから、押さえつけたひょうしに、風がひゅーっと吹きわたって、それで把手も取れちゃって。

冗談をいってるのではないんです。実話と、思ってほしいんです。

ドアががたがたになったら、風はもう入りたいほうだいに入ってきて、廊下といわず階段といわず、風が吹き荒れて、台所も風が吹きめぐり、どっどどどうどどどうどどどう、家のうちもそとも、何もかもを巻きこんで、燃えないごみの集積場だってもうちょっと秩序があるかと思われるほどでした。

そして風がやみました。雨もやんで。

そんな中でもあたしたちは煮炊きと洗濯をしてたんです。洗濯したものはうちの中に干して、みかん狩りみたいに、そこから取って着て。でも風が吹いて、ぜんぶ落ちてしまいました。洗ったものとこれから洗うもの。ひろっていちいちにおいをかいで、着られる、着られない、着られる、着られない、と分別してました。

それからレンジの五徳が折れて、のっていた鍋がひっくり返って、カレーがぶちまけられて、脂でべとべとでした、そこら中。カレーがかかってガスの火も消えて。ぶちまけられたものをふき取るのに、かがみこんで、はいつくばっていたら、臭いんですね。ガスが漏れた。ガスは重いから床に近い方がかんたんに死ねるのか、軽いから背の高い方が先に死ぬか、どっちだったか、昔から二者択一が苦手だし、二つあるとどっちがどっちかわからなくなっちゃうんです。あわてちゃって、とりあえずガスはとめたんですが、それっきりガスがつきません。

あたしは一所懸命にほかの煮炊きする手だてを探しました。そしたら、ガスがだめでも電気がある。電子レンジとか電気釜とか。ところがもちろんこんな状況ですから、電球もつぎつぎに切れるようになっていて、夜の家の中がどんどん暗くなりました。夜も更けますと、あかりというのは居間にともるほそぼそとした六十ワットの電球ひとつ。冷蔵庫を開けると、中のあかりが洩れて、少しだけ部屋を明るくしました。前まては電子レンジをあけてもあかりは洩れてきましたが、今はそれも切れてしまいました。

蜘蛛の巣はもはや天井といわず壁といわず。

湿気た夜にはおびただしい羽虫が網戸の破れ目から入りこんで、そこいらをよたよた歩きまわるのでした。ふとんの上といわず畳の上といわず。ふとんはしょうゆで煮しめたようだったし、畳は古畳で、すっかり禿げちょろけていました。湿気がぬけないところは腐ってさえいて、足がはまりこむのでした。

羽虫はつぶしました。その死骸は山になりました。図鑑で調べてみたら、白蟻っていうのに似ていました。

草の蔓が、蝶番のはずれたドアのすきまから入ってきて、ドアの把手だった穴にからまりつき、とうとうドアを動かなくしました。それから畳の間にのびてきて、柱を這いのぼり、柱にかけた時計に到達しました。時計は、七時二十分でとまりました。

それはちょうどみんなが起きる時間でした。

あたしの妄想かもしれません。こんなにつるつると悪いことばっかり重なって家に襲いかかるはずもないからです。それでもどうか、どうも、ほんとうだったような気がします。あたしはそんなになっても糞切ることができませんでした。

あたしは家を、出たり入ったりしていました。さすがにいたたまれなかったようです。でも出ていったっきりってわけにもいきません、子どもがいましたから、それで帰りますと、家の中はますます荒れ果てて。眠るといっても野宿するような感じでした。

朝になると夜露に濡れ濡れに濡れそぼっていて、布団も畳も、何もかも。子どもたちはしわくちゃの制服を着て、学校に出ていきました。

あのころはあい子も、やせてはいましたけど、あの年ごろの女の子はたいていそんなふうに木の棒みたいに無愛想にやせていますから、それで何も心配はしてませんでした。グミも、ようやく幼児体型から抜け出したくらいのすっきりと伸びた子どもの体型をして、制服じゃなくたって、何だって、いつもドロドロに汚れていたものです。

そして、朝のピアノ解禁時間になると（そのあたりは地域でピアノを弾く時間がきめられていたのです）蔵井のピアノが鳴りわたって、すがすがしい朝の空気をいっぱいに取りこんで、家の空間という空間を、感情という感情を、圧倒していました。

あたしが空気清浄機を買ったのはそんなときです。ほかのことには我慢できても、換気扇が壊れたのには我慢できませんでした。タバコの煙がこもってしまうのがいやだったんです。タバコ、蔵井の吸う。効果のあるなしはともかく、空気清浄機、それを置くことで、「消したい」という、祈りのような感情が空気の中を立ちのぼっていくわけで、「消したい」と、そのメッセージにあたしはひかれました。それでしばらくしたら、また一台買いました。それからまた一台、と。

それで、うちの中にてんてんと空気清浄機があり、てんてんと空気清浄機がうなっている状態になりました。その音を口でいうなら、ぶむぶむですか、うーむうーむですか、わんわんかもしれない、回転する低い音です。どんなに、音のしない、しずかな、眠りをさまたげない、やさしい、とかかれている装置を買ってきても、やはりそれは、回転する音、低い音を出すんです。

蔵井の吐き出す空気を、浄化するためだけに機械はありました。

蔵井の弾くピアノかも。ぶむぶむと、ベースのような音でリズムを作っていきましたから。

つい先日です。知りあいが本を送ってきまして。いえまじめな本です。用があって送ってきたっていうだけの本、そのページをめくりながら、ああいやだ、空気清浄機もききゃしないとぼーっと考えていました。いいえ。ここでは誰も吸いません。アアロンも吸いません。ここはあそこじゃありません。空気清浄機も一台もありません。それは、本のページにしみついているタバコのにおいでした。まるで体臭です。すごい力です。

昔図書館で借りた本のページのはじっこに短い毛がずらりとこびりついていたのを思い出します。めくってもめくっても、ページに毛はこびりついていました。陰毛じゃないです、もっと短い、せいぜいまつげか、鼻毛か。いえ、思い出しただけなんです。今話していることには関係ありません。

それで、空気清浄機ですが、やはり置いてきました。少なくともそこから出さえすれば、空気は浄化する必要がなくなると、あたしは、そこにいたとき、思っていました。

うっとうしくなっちゃったのでケヴィンの話に変えましょう。どうでもいいことなんです、もうこういうことは。ただ話しはじめるとやめられなくなっちゃうので。ケヴィンは、明るいし、さわやかだし、彼と会うときはいつも昼日中で、たいてい外は青空がひろがっていて、いえ今年の冬は雨ばっかりでしたけど、雨が降っていても、ほらまた雨だ雨だと、雨が降ってるっていうことをお祭りみたいにさわぎたてながら、というより雨が降ってるってことぐらいしか話題がないんですから、雨やエルニーニョや、そんなことを話しながら身体を動かして、ほんとうに気が楽、何の責任も可能性も後腐れもないかかわり方っていうのか。これが現実でした、今の、あたしの。

ケヴィンのいる建物は、アカシアの木に取り囲まれていました。花が咲きだしたところでした。

あたし、ひんぱんに車で流してアカシアの観察をひそかにつづけてきまして、もうたいへんくわしい。アカシアといえども同じではないということにとっくに気づいていました。地をはうように繁るのや、高い木になるのや。花のつき方でも、棒状に屹立するのや、長い舌みたいなのがしだれてるのや、雲をかぶったみたいになるのや、いずれにしても、黄色で、アカシアだってことには違いないんですが。そして、いずれにしても、ざあーっと音を立てて周囲を黄色に染めあげていくような、そんな貪欲さがあるんですけど、近くで見ると、長い舌でも棒状でも雲みたいなやつでも、みんな基本的に花は、小さい、黄色い、ポンポンのあつまりなんです。ふわふわの。オモチャみたいな。遠目であんなにシリアスに貪欲そうになるとはとても信じられない。てのひらにのせて、なでさすりたくなるくらいかわいらしくて。そしてきつく匂う。

ドアを押して入っていくと、いかにもプロらしい、尋常じゃない大きさのケヴィンがそこに立っていて、はい、っていいながら、高いところからずんと見据えて、ぐいと一足、こっちに踏み出してきたものですから、あたしはさっとアアロンを盾に取って、それを避けてしまいました。

ほらまた雨が降り出した、とケヴィンがいいました。

アアロンは、盾に取られてもちっともおそれず、ケヴィンをもおそれず、何もおそれず、自分のせいじゃないよ、なんて無愛想にいいながら、そろりそろりと進んでいきました。

ケヴィンはトレーナーです。アアロンが外に出るといったら、ケヴィンのところに行くだけでした。外出は、おおごとでした。歩行器を使って、段差のないところをそうっと通って、外に出て、車にそろーりと乗りこんでやっと外に、走り出せるわけですから。

手術が終わってだいぶ経つのに、アアロンは歩行器を離せませんでした。四角い、フェンスみたいな歩行器を、かたり、かたり、とついて歩きます。一足歩けばかたり、二足歩けばかたりかたり、前について、寄りかかって歩くんです。これで二回目の手術でした。前回より回復が遅いのです。今回は骨をセメントで固めてないので、なかなか全面的に体重を、骨と股関節にかけてしまうことを許可されませんでした。

それであたしたちは、そろりそろりと生活していました。そこにあい子があぁでしょう。まず空気が、それからことばが、家の中にとどこおってきちゃうように感じるのです。とどこおる、よどむ、微動だにしない、黴びる、煮詰まる、そんな感じ。

グミだって亀みたいに生きてました。こっちに来てからずっと頭をひっこめて外界をうかがっている。人とかかわりを持たないんです。あたしには持つんですけど。まあ、あたしとは持たないわけにはいかない。郵便を取ってきてアアロンのベッドに届けるのだけが、今のところ、ゆいいつの、グミの外界との交渉で、それであい子はあぁですから。ごはんどきに、アアロンが、かたり、かたりと、食卓までやってきて、食べて、子どもたちがあたしに日本語で話しかけてきて、アアロンは英語であたしに話しかけてきて、それをあたしは、一言半句にいたるまで口から口へ通訳してやって。

心は二つ、身は一つってなこの状態がいったいいつまでつづくやらと思うと。情けないやらわびしいやら。あい子は食べ物に支配されて、アアロンは身動きがとれず。グミは亀ですから。そしてこのまま日々がどんどん過ぎていくわけです。こんな、カリフォルニアくんだりまで来てですよ、空が青い青いと思ったら、エルニーニョです。傘が要ります。

なんかね、大股で歩き去りたくなっちゃうんです。すたこらさっさと背を向けて。それーができれば苦ろーはなーい、これはこのごろあたしがしょっちゅう歌う歌です。歌うというより、この部分しか知らないし、メロディもあやふやなのでむしろ呪文。呪文が必要ってことは、それができないってことで、できてたら、さっさとどっかに行っちゃってます。どうせそんな糞切りなんてつきゃしないんです。あたしに。まあ、それでいいのかも。名犬ロンドンですから。何もかもひっかかえて、ひきずっていくのもいいかもしれない。でもそれならせめて、背すじを伸ばして、大股で、歩くことぐらいはしようと思った。

手術のあと、最初のうちは、病人用のセラピストがうちにやって来てたんです。アアロンの足は、たった数日間の寝たきり生活にすっかり萎えて、細くなっていました。体幹というのか、手足以外の部分はますます毛むくじゃらに、重たそうになり、死んだ皮膚の表皮がちょっと動けばぼろぼろ落ちてくるのでした。白衣のセラピストに見まもられながら、アアロンは横たわったまま、足を上げたり下げたりしました。あたしが目を凝らして見ていてもわからないほどかすかに。それからベッドから降りて、床の上に立って、そろそろと歩きまわりました。すると、一足一足に、白い、死んだ表皮がぼろぼろぼろぼろ、こぼれて落ちてくるのでした。

　そのうち保険できくセラピストの訪問も終わり、それで、ケヴィンのところにアアロンが行くことにしました。ケヴィンは、健康者用の、ふつうはもっと激しい運動を指南する人なんですけれど、アアロンのリハビリも引き受けてくれまして。もうアアロンは、歩行器でゆっくり歩くこともできたし、足の上げ下げも制限つきでできたし、それに上半身はまったく何ともないわけだから、せめてそこだけはウエイトを使ってたくましくしておこう、とケヴィンがいいました。

　ケヴィンのジムの真ん中に大きなベルトの歩く機械が、ケヴィンはそれをトレッドミルって呼んでいて、あたし辞書をひいたら「昔は獄舎内で懲罰として用いた」って、その命名が気に入りました。その機械が二台でーんと置いてあって、それで思ったんです、あたしも、大股で、歩くかと。

　でも始めてみたら、それだけじゃなかったです、ケヴィンはあたしに、バーベルをかつがせてしゃがませたり、中腰のまま二分数えさせたり、獄舎で拷問っていうようなことを好んであたしにさせますから、あたしはひいひい、いいます。あたりかまわず大声でひいひいはーはー、うめく、あえぐ、あるいは、よいしょっ、どっこいしょっと。これは、最初は思わず声に出たんです。よいしょっ、と。日本文化で育ちましたから、やはり、どうしても、それが出る。おいしょっ、ケヴィンがまねしました。するとそのうち、よいしょというたびに、口から息がすっと抜けていくことに気づいた。エクスヘイルって。えーと、日本語で何というのか、息を吐く。反対がインヘイル、息を入れる、息を吸う。

ブリーズ、ってケヴィンがいいますから、よーしインヘイル、よーしエクスヘイルって、ケヴィンがときどきいいます。あたし筋肉が緊張してつい呼吸をとめてるんですね。それで、力を入れるときに、よいしょで、なるほどエクスヘイルをちゃんと誘発しているんだと。

エクスなになにっていうことばが好きです。

外へ、って意味で、むかし、英語をおぼえはじめたころ、ほんとうに好きだった。外へ外へ外へ外へって。あのころは。

停まったら倒れる倒れるとつい口出ししたくなるほどゆっくりと、アアロンは自転車をこいでいました。ケヴィンは、筋肉の名前をあたしに教えようとしていました。バイセプ、トライセプ、デルトトト、グルータタタマクシタタ、バイ、トライくらいは意味がつながってくるんですが、あとはもう、意味を取ろうとしても取るそばからこぼれていくような具合で、もうろうとしてきて、ただただ音がそこに林立して。筋肉の動きだけがたしかなものとしてあたしの中に残り。疲れて、だるくて、痛いんですけど、でも。

アアロンは、あたしのように有酸素運動をやっているわけじゃないので、あえぐ、ということはないのでした。いつもしずかに、筋肉を動かしている。でもときどき白い髪がほぐれてきて、全体がくしゃくしゃな紙みたいな印象になり、顔も干上がって、しろーくなって、動きを停止したりするもんですから、なんだか身体のふしぶしが、筋肉、毛穴や骨、関節にいたるまで、離れていけとアアロンに、因果をふくめているようで、あたしは思わず、あなたOK？　と叫ぶんですが、そのたびにむっとした顔で、わたしはOK、とアアロンは返してくる。

アアロンは、ベンチの上に乗り、そこで、背中を丸めたり伸ばしたりしていました。夏の朝のカナブンみたいでした。仰向いたままあわあわと、細い手足を動かしていたカナブン。あわあわと動いていたのが、ふと、動きを停めて、そのまま夜になっても明日になってもそこにころがっていた、夏の朝のカナブン。それなら、向きさえ変えてやれば、飛んでいけた。

飛んでいかないように、リヴィンがアアロンの片足を抱えて、自分の胸で固定して、もう片足に自分の耳を押しつけて、押しつけながら、そうっと持ち上げていったんです。アアロンの動きも肉体も、いとおしくてたまらないといった表情でした。

何を聞いてるの、とあたしは聞きました。

聞いてるんじゃないよ、彼の筋肉がふるえるのを感じている、とケヴィンがいいました。

血の流れる音や筋肉の動く音が聞こえるのかと思った、とあたしが。

ケヴィンが押さえていた手をゆるめると、アアロンが、ふううううっとながい息を吐きました。それをケヴィンは、おーなんていとおしく聞こえるため息だといわんばかりの表情で聞いていました。

できることなら頭脳だけ残して、あとはぜんぶ、股関節も四肢もぜんぶ取り替えてしまいたいと、アアロンはいつかいってましたが。年のことをあたしがいえば、あたしはほんの軽い気持ちでからかっているだけなのに、アアロンには耐えがたい非難に聞こえるんです。怒るというより、いやがる、やるせない、せつないといった、無力感にみちた声で、いつもひとことと、しゅうしっと叫びました。

しゅうしっ。笑止ではない。しっとか、うるさいとか、そういう、ことばというより、唾のような声です。

しょうがないでしょう、年取っているのは事実なんだからなんていおうものならどうなるか。それがいいたいです、あたしは。

ねえ、何もあたし、いやいやここに幽閉されてるわけじゃない、好きでここにいるんだけどと、いってもいってもアアロンは納得しません。納得しようにも、それだけの自信が持てないんです。

アアロンの、皺とか禿とか、脂肪がたるんでいるのも皮膚がこぼれ落ちてくるのも、股関節も、あたしはそれでいいと思っているのに。いいじゃないですか、かたりかたりと歩いていくのをじっと待っているってのも。もちろん、それであい子がああで、グミもああですから、ちょっともうたくさんなんてときどき思いはするんですが。気にしないでください。

初めて会ったときからケヴィンはつるりとしていて、何か不思議で、何だろうとあたしは思っていたんです。すぐ原因はつきとめました。彼の足だったんです。つるつるに剃りあげてあったもので。不思議な、ちぐはぐな感じがするのは、そのせいだったんです。男はすね毛があるものという、固定観念を捨てねばと思いました。

こないだ本を読んでいたら、古代ケルトの戦いとかっていう、それで、ケヴィンを思い出しました。髪も髭も伸ばせるだけ伸ばして、足全体に毛をごうごうと音を立てて生やして、そして、髭を三つ編みに編んで、先端に火をつけて、燃やしながら、棍棒をふりかざして襲いかかっていくという。ケヴィンを想像しました。こわいだろうなと思いました。そんなのに襲いかかられちゃひとたまりもないです。それ以来、ケヴィンを見るといつも考えます。ひとたまりもない、ひとたまりもない。

ひとたまりもない、と考えながら、ケヴィンがアアロンの背中を、たまごを抱いてるように抱えこんで、アアロンの筋肉、ラッタタタタドーサイの動くのを助けているのを見ていました。

すると、ほら、つぎはヘムストリングスとケヴィンがあたしに。

ひとたまりもない、とあたしは思うんですが、それを聞きながら、たまたまヘムストリングスってどこかわかったので、身体はすなおにいわれたとおりにうつぶせになって、ケヴィンの前に、足をそろえて投げ出したわけです。これがしたくってずっと待ってた？　なんていいながら、ケヴィンがそれを支えていると、あたしはヘムストリングスという筋肉を使って、それを押すわけです。それそれといってるのは、あたしの足。両足そろえて、差し出したあたしの足。アアロンは、息をととのえていました。

なぜ剃らないの、ここ、とケヴィンがいいました。めずらしいよ。

日本じゃ誰も剃ってないから。

ほんとかな、とケヴィンがいいました。

ほんとほんと、誰も剃ってない、あたしの友だちは誰も、若い子のことは知らないけど。

横でアアロンがひとりで、ベンチに置き去りにされて、手にウエイトを持って、脇をひきしめていました。

こっちじゃみんな剃ってるよ、剃ると身体が軽くなるような気がするから、とケヴィンがいいました。いいながら、ケヴィンはアアロンを注意深く見つめていたんです。するとつ、いっとケヴィンが、ドアの外に、出ていきました。誰かが、そこにいて。キスをしました。不透明なガラスでしたから、ケヴィンがキスをしたのは見えても、どんな相手なのかは見えませんでした。

ケヴィンに恋人がいるのは知っていました。話のはしばしに、ふと出てきて。ついこの間も、あたしたちが来たとき、ケヴィンが思いがけず建物の脇の木立からあらわれたんです。雨が降っていました。また雨と、ケヴィンがあたしたちを見ていいました。おしっこしてたわけでもあるまいし、雨の中で、ケヴィンは、恋をしてきたのだとあたしは思いました。何食わぬ顔って表現、あんな感じで、ケヴィンはあたしたちといっしょにジムに入ってこようとして、鍵が開いてました、それであたしは、やっぱりケヴィンはつかの間も惜しんで恋をしてきたんだと。そして中に入る直前、ケヴィンは振り向いて、手をちょっとあげました、だれかに。

そのとたんにあたし、なまなましく思い出したものがあって、一瞬にして思い出して、たちまち持てあましました、そんな記憶、それは、あたし自身がそういう、わずかな時間も惜しんであわただしく恋をしにいったときの性欲です。昔のことです。ずっと昔の。エルニーニョがどうのというよりずっと前の。なまなましく。唾までべろべろと。あんまりなまなましすぎて、どんなことでも、いくらでも、想像がついてしまいました。ケヴィンが、どこでどんなふうに何をしてきたか、あれもこれも。

ごはんどきに、あい子がかさこそかさこそ動くんです。ナプキンで自分の皿の上の脂をふき取っているんですね。鶏の脂とか、サラダの油、炊めものの油。

本人は、人にはわからないと思ってやってるのですが、丸見えです。食べたくないのなら、取り除いてお皿の上に残しておけばいいのに、なんかまるで、その脂や油を、憎みきっているように、徹底的に取り除こうとする。かさこそかさこそたえまなく音を立ててました、あい子が。あい子の存在が。あい子が憎むその感情が。

いったいどうしてとほんとに不思議。何かが取り憑いたような感じさえしたのです。ココーテでも取り憑いちゃったのか。この辺にもいますから。明け方や日暮れどきに路傍にぼうっと浮かびあがったりしますから。あい子はぼんやりしてましたからそれで、なんてね。

脂のべっとりついたナプキンが、誰も使わない部屋の隅や台所の戸棚の中に隠してありましたよ、あたし、何回もそれを見つけて、手に取って、洗濯機に放りこみました。隠すなら隠すで、ちゃんと隠せばいいのに、あい子ったらすぐ露呈するその場しのぎのことをやる。好んでやる。それがどうしても、不思議でしょうがありません。

どこかでグミが低い声でぼそぼそいっていました。何いってんの、あんたこそ、とあい子の声だけがきんきんひびいてきました。その声がまったく、あたしにそっくり。髪の毛も長くって、ぼうぼうに伸ばしていて、逆立っていて、破れかぶれで途方にくれちゃって、あい子はあたしにそっくり。あたしも、食べないあい子を前にして、やきもきして、途方にくれて、髪の毛なんて天を突きとおしちゃうように逆立っていました。

ある晩、あい子のはだかのおしりを見たときには、息をのみました。あい子は毎朝、寝起きにシャワーをあびるので、あたしはあい子のはだかを長い間見てなかったのです。

おしりの肉が、両側からぐりっとえぐり取られ、骨盤が飛び出していました。

おかあさん、とそれを見たグミがこそこそあたしに、おかあさん、あいちゃんのおしり、ガイコツ、ってグミは語彙が貧弱なんです。やせてるからガイコツってのはあんまり安易で。いったい、ほんとに、ガイコツのおしりを見たことがあっていってるのかと、考えただけでグミにいったわけじゃないですけど、あい子のやせ方はさておきグミの日本語も心配になってきちゃって。このままぐいぐいとグミの語彙もあい子の肉体もやせ細っていくのかと、あたしは、緊張して、日照りと長雨と冷夏と洪水と飢饉の予感にむかって踏ん張ろうとしている人みたいに、そのガイコツのおしりを眺めましたよ。外で、ユーカリの枝葉がばさばさ鳴っていました。それからその瞬間スカンクがどこかで車にひかれたんです、においが漂ってきました。

それが変化したんだということに気がついたのは、冷蔵庫です。

冷蔵庫って大切です。ただの電気製品を超えた意味がある。

あたしが、家庭というものを作りはじめたその最初から、ワープロやピアノはなくても、冷蔵庫ならありました。すっかり頼りきっていました。何でも冷蔵庫に入れさえすれば安全と、ずっと思っていたのです。

あたしいつか、財布が見つからなくって、いえいつものことですが、そのときも見つからなくて、とうとう、ただいまーって帰ってきたところからの行動全部くりかえしてみて、買ってきたものを冷蔵庫に、と冷蔵庫をあけたら、そこにあったなんてことがあった。

いつも子どもに笑われながら、ついいいまちがえるんです。ねえちょっと、とグこに何か頼む、ねえちょっとこれ、冷蔵庫に入れてきてって。それはたいてい、洗濯物で、あたしのいいたいのは洗濯機だったりするんです。またおかあさん、ってグミが笑う。笑わせるためにわざと間違えてるわけじゃさらさらなくて、つい。ここで日が経つにつれてどんどん、ひっかかって外に出てこなくなってます。ことばです。ことばの累積のいちばん出口に近いところにいつもあって、すぐ出るのが、冷蔵庫っていうことばなんですよ。

あい子の変化も冷蔵庫で気づきました。

冷蔵庫のものがなくなる。アアロンは、冷蔵庫までおいそれと動けない。グミは、小さいころのくせがまだ残っていて、おかあさんこれ食べていい？　とあたしに聞かなければ何にも口に入れられない。あい子だって、ちょっと前まではそうでした。

それなのにものがなくなる。したたっているんです、冷蔵庫の中に。煮物の汁やケーキかすやごはんつぶ。ジャムがたれてることもありました。ジャムって赤くて、まるで経血でした。

それで、あたしはわかりました。あい子だっていうこと。あい子は食べない段階を終えて、つぎの、食べる行為を抑えられない段階に入ったんだっていうこと。苦しさに、あい子は七転八倒しているっていうことも。あい子に食べられてしまうかもしれない、とあたしは思いました。

あたしは、あい子が冷蔵庫をのぞいているところを見ました。食べ物のある納戸から出ていくところも見ました。ポケットを押さえて小走りに自分の部屋にもどっていって。あい子のいたところにはかならず食べ物がぼたぼた落ちていました。それなら、こそこそしなきゃいいのに。あい子でないものがあい子を動かしているんですから、どうしようもありません。

夜も、あい子、何回も起き出して冷蔵庫をあけてるのをあたしは知ってました。食べられてしまうかもしれない、とあたしは思いました。

客用の寝室は、納戸の脇にありますから、アアロンも気がついて、あたしにいいました。でもそんな、いわれたって、あたしだってどうしたらいいのか、どうしようもありません、食べられてしまう食べられてしまうとアワを食ってるしかないような気がしました。

夜中に目をさますでしょ。すると階下でかさこそする音が聞こえる。でんきのともったのが窓にうつる。あい子が何かをあさっているのが感じられて、音、あかり、空気の振動、何でしょう、気配でしょうか、それで、そっちを見ちゃうんです。見たっていいし、見なくたっていいんですけれど、やはりあたしは見るんです。見ないですむなら、どんなに楽かと思いますが。

あたしはぬき足さし足、胸に悪い思いを抱えている人間のように、どんなにそうっと歩いたってみしみしいう床なんです。あいにくあい子は気がつきません、食べることだけ考えていますから。

あたしは、階下が見渡せる階段の上にしのんでいって、そこにしゃがみました。頭上にはぽかんとした暗闇ばかりひろがっていました。

そこから冷蔵庫は見えませんでした。だからあい子が、何を食べてるかどう食べてるかなんて、わかるはずもなかったんです。わかったのは、あい子が食べているっていう事実だけです。

ときどきちらっと、あい子の動くのが窓にうつりました。ちらっちらっと。

こっちは知りたいですから、いったい何をどう食べてるのか、知りたいけど気配で知るしかないですから、その気配を感じとろうと息もつめるし耳もすます、そうして目も、じいっと凝らしたんです。

がしゃがしゃ、って音がしました。あい子の立てた。

するとあたしの神経が、たちまち、きんきんにそそりたって。ああ、ほんとに、あんまりきんきんするから、肩が凝っちゃって、吐きたくなりました。

あい子は音を立てることにはまったく鈍感でした。あとをよごす、食べ物をちらかすってことにもとんでもなく鈍感、ぼたぼたぼたぼたこぼしながら、ものを食べるんです。見られるのはいやがる、これはまともか。昼間とか、たまたま食べてるときに出くわしたときには、ぴょんと飛びあがって、後ずさって、食べてたものを隠しました。

でも誰も見ていなけりゃ、もう何でもしほうだいで、あとを片づける、始末する、隠蔽するなんて知恵はついてません。食べっぱなしで、それはもしかしたら、わざわざやってるんじゃないかと、何か目的があって、たれこぼし、まきちらし、しているんじゃないかとあたしは何度も考えました。あのほら、まいたパン屑は、ことりが食べてしまうっていいますから。

あい子には隠す知恵がなくても、あたしにはありました。あたしはさんざん、いろんなものを隠してきました。さんざん見抜かれてもきましたけど、とにかくさんざんっていう経験があるもんですから、あい子より狡猾です。たぶん強力でもあります。だから母やってるんでしょうけど。つまらない、どうでもいいような理由で母やってるもんですが。

それであたしは、階段の上で、母をやりながら、肩が凝ってしょうがなかったんですよ。思わず、こきこきっと首を動かしてしまって、その音に自分でどきりとしました。

母が思うに、あれは飢餓感ではないのです。空腹というのは、ああいうのとは別のものです。むしろ、あれは、好奇心。

胃や腸、食道なんていう消化器官の機能がどうこうしてるのではない。むしろ、舌とか、口蓋とか、歯とか唾液とか、そのあたりの器官が、好奇心にまみれて、活発に動いている。

口に入れて噛んで、飲みこむと、おいしいんです。おいしいおいしいおいしいと、舌や口蓋や、唾液や、そういう器官が、狂喜乱舞するのですね。ほんの一瞬です。あれだけ大量の好奇心にまみれて、得た結果が、こんな一瞬の、おいしいだなんて、あんまりばかみたい。

あっという間に消えてしまいます。食べ物はなくなって、食べる行為もなくなって、しんとした冷たい台所に立ってるばかりです、あい子一人。

冷蔵庫のドアをあけはなったまま、閉じて隠すなんて考えもせず、冷蔵庫のあかりにこうこうと照らされているのです、あい子一人。

肉とキャベツの炊めたのが残ってましたが、あい子は、それを食べてるはずとあたしは考えました。肉の部分だけ食べてるはずだと、明日の朝はキャベツだけになってるはずだと考えて、そこに残るぼたぼたぼたぼたこぼれた汁や何かを想像してました。それからヨーグルトもぼたぼた、チョコレートプディングもぽたぽたぽたぽた。もういっそのこと、そこに飛び出していって食いとめてやろうかと考えたんです。

食べたいものは食べさす、こぼしたらふき取る、吸い取ったって、掃き出したって、どうにでもなる、そう考えられればいいのですが。考えられない。それを見つけたときの、ええ何度も何度も見つけました、そのときに感じた瞬間的な怒り、憎しみ、あれはいったい何ですか。

躍りかかって食らいついてしまうかと思われた。あい子の喉もとに。あの一瞬の憎悪は何ですか。食べ物を盗まれたって感覚ですか。

盗まれたっていったって、相手はまだ子どもで、あたしはそれをあかんぼのころから口へむりやり食べ物を押しこむようにずっと養ってきたわけで、あの子どもがあたしの食べ物を食べるのは、いってみればあたりまえで、ずっとそうだったんです。

ずっと養ってきて、なんで今さら、ものを食べるのが惜しいか、ほしがるものはあたえればいいのに。わかりません。むかしあい子がくちを閉じて、ちっともあけないで、ほらあい子、あいちゃん、ってあたしが呼びながら箸でほぐしたものをつまんで、ほらあいちゃんたら、あーしてちょうだい、いい子だから、とその口の中につっと入れていました。そのどんなに柔らかく煮たさかなやふわふわのたまご焼きよりももっと柔らかいあい子の、ほっぺたのその中へ、入れたものです、むりやり。

どういう順番だったか忘れました。忘れるんです。あたしはすぐ。

とにかく、あたしたち、抱きあって、おたがいに、蔵井の悪口ばかりいいあっていた時期がありました。アアロンがちょうど下の寝室で寝てましたから、これ幸い。鬼のいぬ間に洗濯っていうのはこういうことか。誰が鬼か、アアロンか蔵井か、どっちなんでしょう、どっちとも鬼だったりして、そんならなんで、あたしと、あい子と、グミと、三人だけで鬼から逃げて、そのまま逃げ切ってしまわなかったのか。そしたら鬼のいぬ間がずっとつづいて、洗濯どころか、掃除だって炊事だって宿題だって、心おきなくできたんです。ほんとに、わかりません。

あい子とグミがあたしの寝室にきて、ベッドに寝ころがって、蔵井の悪口を、ああしたこうしたと、おんあんどおんあんどおんあんどおんってな具合に、お勝手で何かしてるときもまつわりついて、手伝うでもなく、ただまつわりついて蔵井の悪口を、おんあんどおんあんどおんあんどおん、でもときどき、一つ家に住んでいますから、アアロンの方がもともとは宿主なんですから、だからアアロンが、かたりかたりと歩行器をついて、あらわれます。するとすうっと、笑いさんざめいてた声がひく。ひいていく。

ひく。弾く。曳く。

なんだって日本語には「ひく」ってことばがこんなに多いんでしょう。みんな本質的でみんなあたしたちに必要なことばばかりだ。

ひいていって、それは、なかなか元にもどりません。アアロンはあたしに話しかけ、あたしは、しかたがない、アアロンの方に向きなおり、子どもたちはすーっとそれぞれの部屋に、ひいていく。海の、潮が、ひいていくみたいに。

悪口は、なかなかいいつくせないものでした。子どもたちもかなりしぶとくって、いっこうに忘れようとしませんでした。それは蔵井にたいする攻撃よりも、むしろ、自分たちの存亡にかかわる、自分たちを肯定して助け出したいと願っている行動のような気がしましたけど。蔵井を置いてきちゃった自分たちを、肯定したいっていう。しまいにはネタがなくなって、一回使ったネタをまた最初からやりなおしたりもしました。何回も何回もくりかえしてるうちに、それが型になって、韻とかもふんじゃって、きまりきったいいまわしできまりきった悪口を語り、きまりきった感情を出し、きまりきった受け答えをするっていうことに慣れたころ、あたしたちはそれをやめました。もう、雨はすっかりやんでいたし、アカシアもすっかり色が褪せてきたならしくさえなっていました。ほかに見るべきものがいっぱいありましたから、花も木も、何も気にならないのでした。雨がやみさえすれば、まっ青な、空であり、海でありました。それまでに長ーい時間がかかりました。

これは娘の方の話。あたしは、もう少し身体的でした。定期的に、蔵井をたたきのめす夢を見ていました。その日も。

夢があんまりいやな感じだったので目を覚ましたんですけど、覚まし方がゆっくりで、ゆっくり現実にかえったようで、シーツがするするいって、あたしはそのまま目をつぶって、いつかまた眠ってしまいましたが。朝になっても夢を見たことだけは覚えていました。

げー、いやな夢を見ちゃった、とあい子とグミに報告しました。そのたびに報告しました。オトナ気ない。詳細はさすがに語りませんよ。あんまり血みどろでした。でもひとりでその血みどろを抱えていくのはちょっとぬるぬるしすぎていて。げー、いやな夢といったらいっただけ、いい方が軽いから夢の内容まで一気に、軽くなっていくような気がしました。どんな夢、とグミが聞きました。また見たの、そんな夢、とあい子が。

ちょー気持ち悪い夢、すっげーいやな夢、むかついたーとあたしはわざわざ子どものことばを使ってあたし自身の夢を要約するのでした。

はじめてアアロンとセックスした夜にもこんな夢を見たんです。あたしははね起きて、アアロンもはね起きて、どうしたどうしたといってあたしの腕をつかみました。当時はアアロンもまだ腰が丈夫で、はね起きるなんて芸当ができました。今じゃ、とたんにかっくんと人工股関節がはずれたっきり、再起不能です。あたしはつかまれた拍子に目が覚めたんですが、つかまれた瞬間はまだ夢の中で、つまりほんの何秒か、あるいはそのまた何分の一か、ほんの一瞬、あたしは夢と意識を両方持っていたってわけです。

つかまれたその瞬間、ぞうっと敵意がもえあがって、いえむしろ、敵意というより、殺意、みたいな。へたをするとそのまま目覚めずにアアロンをぶち殺しにかかったんじゃないかと思えるくらいの殺意。さいわい目覚めましたが。よしやったところでアアロンは、老いたりといえども強い男、まだ股関節も丈夫だったし、かえってやすやす組みしかれて降参してたんじゃないかと思います。その方がよかったかもしれません。降参して、徹底的にマイッタして、ゆっくり、きちんと、目を覚ますことができたかもしれない。

で、夢ですが、あたしはピアノをたかだかと持ちあげて、なに、夢だからできるんです、火事場の馬鹿力ってやつで、あたしほど火事場の馬鹿力が似合う女はめったにいないかも、それを蔵井の頭の上にふりおろした。で、その瞬間に腕をつかまれましたから、あたりに飛び散ったはずの血糊、血痕、肉片など、いったいどうしちゃったんでしょうね。そのままです。目を覚ましちゃって、それを見ないで。

それからもくりかえしくりかえし、ものを投げたり、ひっぱたいたり、破壊的です、自分にこんな破壊衝動が潜在していたのかと思うとそらおそろしいですが、とにかく夢の中では、皮膚も現実よりずっとやわらかく、現実よりずっといい音が高らかにひびきわたるんです。腕をもぎとったこともあった。夢の中、腕はかんたんに、音も立てずに、もぎとれて、からだから離れていきました。ぴりっとかすかな音がして裂けただけです。あの、みかん狩りのみかんは、ときに皮が一部分枝に残ってしまうことがあるんです。うまくねじって取らないと、ひっぱられて、少し裂けて、枝に、よく熟した実の皮はゆるゆるですから。

で、ですね、これはいったい誰にたいしての破壊衝動か。蔵井。まあそう考えるのが妥当といえば妥当なんですけど、でももしかしたら、それはあたし自身に対してじゃないかと思えるようなところがあって、だって蔵井の感じたり考えたりしたことは、いつもあたしの感じたり考えたりしたことだったんです、この破壊的な攻撃だって、いつかかならずあたしのところにまわって来てあたしが感じるべきものだったと思うんです。こわいです、夢を見ながら、こわいと思ってしまいます。こわいと思っても、あたしはやめません、手を汚したい、それがいちばん強い衝動かも、手を汚したいと、きちんと手を汚してきちんと相手を害したいと。

というのが母の方の話です。蔵井こそいい災難でした。蔵井はむじつの罪じゃないかと思うことだってありました。彼は、彼なりに一所懸命ピアノを弾いて、家族のことを思いやっていただけなんですよ、そりゃたしかに、そのやりかたはちょっと強引で、かなり現実をひんまげて、彼の夢とか心配とかをあたりいちめん、あたしたちにてことですけど、押しつけすぎていたとは思うんです。でもそれだって、彼のせいだけってわけじゃない。彼がやったことはただ、住んでいた家をひっ散らかして、タバコの煙で燻しあげて、ピアノの音でまぜくりかえして、最終的に、ぶちこわしただけなんです。それからあたしたちを、そのこわれた家から、追い出しただけなんです。追い出しながら、ずっと蔵井はピアノを弾いていて、ずっと蔵井は泣いていました。蔵井は、追い出したくなかったんです。でも、追い出さずにはいられなかったんです。あたしたちもまた、追ん出ずにはいられなかったんです。

なにをいまさら。今は、どこにも、蔵井がいません。あの人はいい人でした。あたしたちみんな彼のことがだいすきでした。ピアノや猫もろとも、あそこに、置いてきぼりにするなんて、考えてもいませんでした。あんなにいい人は鉦や太鼓で探してもっていうくらい、いい人でした。あんまりいい人すぎて、現実味すらないんです。そして、実をいえば、あたしは、蔵井という人間がいたってことそのものが、このごろなんだかあいまいになってきてるのです。なにしろ忘れっぽいものですから。ここには、どこにも、蔵井がいません。

あたしたち、こっちに来てぱたりと音楽を聞かなくなりました。聞かないですむようになりました。昔は、ショパンを聞かないために、一日中たえまなく音楽をかけつづけている必要があったんです。

こっちに来てから、あい子もピアノをおさらいしないでよくなったし、だってピアノそのものがないんですから、猫もピアノの音をかきみださない、ポロネーズも雨だれも、何にも鳴りひびかない日々なんです。

とくな性格ですね、あたしは。いやなことはどんどん忘れる。糞切れは悪かったかもしれませんが、物忘れは、みごとなほど激しかったってことです。

お悔やみ。

そうそう。それそれ。

あたしたち、お悔やみをいいつづけていたんです。いわれる方だったのかもしれない。おたがいに順番順番で、お悔やみをいう側になったりいわれる側になったりしていたのかも。ご愁傷様ですって何回もいわれて、何回も頭を下げる、それから、きまりきったことをきまりどおりこなしていくうちに、気持ちがおさまっていくって、いうじゃないですか、死んだものは死んだものとあきらめて、忘れてしまえることは忘れていけるって。

　夜、あい子はすぐ眠ってしまうことが多くなりました。車の中でも、すぐ眠ってしまうのでした。いちばんやせ細って、気が立っていた時期です。起きてたって、いらいらして、グミに殴りかかるだけなので、寝てくれてほっとしてました。眠ってしまうと、口をぽかんとあけて、頬なんてまるでえぐれて、あたしは、何かでそれをおおって見ないですむようにしたいと思いました。あい子が欠けるとどうも、蔵井にたいする、攻撃もゆるむんですね、おもしろくなくなる、それで、夜ならばグミも、しょうがない寝てしまうし、車の中にいるときは、そこからグミがあたしにグミ自身のことを話すようになりました。グミが、かならず助手席に座るようになったのはそういう経緯です。

　寝てしまって、ちっとも話ができないから、しかたがない、あたしはあい子のベッドに入って、寝る前の少しの時間を、あい子だけにかかずらわろうと思ったんです。あい子はさいしょのうち何も話しませんでした、ただ気まずそうに、不機嫌そうにしていました。それから小学生のころの話をはじめました。あたしはふとんの中にもぐりこんで、狭いベッドなものですから、ほとんどあい子と抱きあいながら、聞いていました。

これがまた気持ち悪い部屋なんです。シーツもろくにしいてないで、くちゃくちゃに丸まって、それを手でちょっと伸ばしてその上に寝て、毛布をじかにかけるんですね。その周囲の状態といったら、おそろしく攻撃的でした。

グミの部屋の散らかりようなんか比べものになりませんでした。それが気持ち悪いっていってるんです。

攻撃してるみたいなんです。怒りが爆発して、その爆発がちょうどここの部屋の真ん中で起こったようなんです。爆発で砕け散った肉体やもぎ取れた四肢なんかも散乱していました。いちいちに怒りやむかつきという感情が付着してですね、こびりついて。昔、新聞記者の知り合いが、飛行機事故の取材に行ったあとは戦争映画が嘘っぱちに見えてならなかったといっていました。そこで死んでる死体が五体満足なんですからね、あれはエキストラが死んだ真似してるだけだって思うと、鼻白んでしまってって。

ならばここは、正真正銘の砕けた血肉の被災地であり、戦場跡でした。

本人は何も知りません。ふとんの中で見るとあどけない顔をして、にきびのあとなんかがぽつっとあったりして、昔のままなんです。取り憑いていたコヨーテはいったいどこへ行ったかと思うくらい。

蔵井のことはいいません。やはりグミも加わって、お祭りみたいにわいわいさわぎながらいう悪口だから、何かこう明るい昇華できるものがあるんであって、ひとりでいうべきものじゃないっていうのはグミと同じでした。

あたしはあい子がしゃべり出すのを待っていました。小学校のときの思い出からはじまって、保健室のことや、なんとかくんとこんなことをしたことや、ケーキの食べ方や、たいした話じゃないんです、くだくだしい、糸を巻くような作業、でもあたしはどういうわけか、その話が何もかもおもしろく聞けてしょうがありませんでした。そんな話、あたしは今までにも何十回も聞いてるんですが、それをもう一回話すんです、糸を巻くような作業、糸を巻いて、ひいてひいて、とんとんとんとんするような、それが、あたしにはおもしろくてしょうがなかったんです。

暖めてくれいといってる乞食の病者を、はだかで抱きしめて暖めている聖人ってお話がありました。思い出します、思い出します。そのお話では、そのうち乞食は神様にトランスフォームしていっぱいの光につつまれて聖人は昇天していくのでしたけど、あたしたちは昇天どころか、ふたりひっからまりあって相対死にしてしまうんじゃないかと思いますけど、えいさらえい。

え、今のは何かって。

ただのかけ声です。自分を奮い立たせるときの。こういう状態になっちゃったものを、連れて行かなくちゃと思う、そういうときの自分にたいするかけ声です。

よいしょよりもっと無謀で、もっと見通しの立たない。

どうもきちんと順序だててものを覚えていられないのが残念です。映画を見たのは、食べなかった時期か、食べ過ぎていた時期か、忘れました。あたしはほんとにすぐ忘れます。

ピアニストの映画でした。ピアニストがポロネーズを弾きました。雨が降っていまして。彼はずっとつぶやいてました。竹竿みたいな指にタバコをはさんで。それで、ポロネーズ。

雨だれも聞こえました。と、と、と、と、と左手がひびきました。おかあさん、左手が心配している、おかあさん、左手が、と、と、と、と、っていっている、とあい子がこっちを振りむかずに、ただ画面を見つめながら、いいました。

雨が降っていました。雨の多い地方の話のようでした。雨があがるとユーカリの木が繁りに繁っていました。ピアニストは艱難辛苦を乗りこえて、コンサートをひらきました。拍手を受けて、彼は感動でゆがんだ顔を竹竿のような手でおおって、そのまま泣きつぶれたんです。あい子、よかったねえ、この映画、とあたしも、あたしこういうのに弱いものですから、ダンボだってトトロだって泣けて泣けてしょうがないんですから、すっかり泣きぬれて、グミなんか小馬鹿にしたようにあたしを見ているのであい子に、話しかけたら、あい子は、膝に顔を押しあてて、竹竿のような指で、自分の骨を抱きしめていました。っていうことは、まだ食べなかった時期です。そこを脱して食べ過ぎてしまう時期に移行したんですから。

泣きすぎてちっとも見れなかった、最後のとこなんて目がふさがっちゃって何も見れなかった、とあい子がいいました。

そのままの姿勢であい子がいいました。おかーさん、ピアノがほしい、ショパンが聞きたい。

それであたしたち、その勢いでまず、レコード屋にショパンを買いに行きました。あい子とグミとあたし。ピアノは、またこんど。いつかかならず。だからまずショパン。近所に、民族音楽とかジャズとかロックとか、現代音楽もそろっている店があるんです。ところがクラシックだけすごく貧弱で、ショパンがなかった。せっかく買いにきたのにショパンがないなんて、とあい子がほとんど絶叫しそうになりまして。

それであたし、引きさがれやしません、高い踏み台に登ってテープの棚をくまなく探したら、あったんです。ぜったいポロネーズが入ってるっていうやつが。「ショパン・グレイテスト・ヒッツ」、これならポロネーズだけじゃない、雨だれも、小犬も、太田胃散も、蔵井の弾いたのなら何でも入っているんじゃないかと思うような。しかも三ドル九十九セント。それを買って、車になだれこんで、あい子とグミとあたし、かしてかしてあたしがあたしが、とあい子がぴりぴり包装を破いて、テープをプレイヤーにつっこんだのと同時に、あたしがイグニッションキイを入れた、そのとたんに、たあああんたたたあああんた、たらららららっ、たたん、たらららららった、あの、やかましくてそうぞうしくてなつかしいポロネーズが、たあああんたたあああんた、たたたたたらーんららん。

おとうさんの弾いてたやつだ、とグミが叫びました。うるさいね、とあい子が。だまってよ、聞いてんだから。

ケヴィンの指導の効果があらわれてきたころには、もうすっかり、平常そのもののカリフォルニアでした。ばかばかしいくらいの空の青さが、そっくりそのまま、何のためらいもなしに海にはりついたような。

アアロンの筋肉はすばらしくなってきてました。でもやせはしないので、ぶよぶよとむきむきが混在しているという……不思議な身体ですが。長い間コンピュータにむかって、運動どころか微動だにしないで、ただ、体力はあって筋力は強い、それではとんど力まかせに生きてきちゃったっていう男が、すっかりしわしわのぶよぶよになりはてたところで運動をはじめたら、ちゃんとセオリーどおり筋肉が鍛えられることが証明できたという、そういう身体でした。松葉杖なしでは歩けない下半身はすっかり萎えていましたが、こんなもの、運動を始めりゃすぐにもとどおり、とケヴィンがいうし。

今やアアロンは、ベンチに横になり、ケヴィンの差し出す重しのいっぱいついた巨大なバーを胸の上に支えあげるのです。それを何回かくりかえす、その間中、ケヴィンは、いざというとき、アアロンが取り落としでもしたらたちまち彼がそれを受けとめられるように、足のばねはたわめ、手もいつでも伸びていけるようにあそばせて、ケヴィンは頭上に構えて立っていました。そしてひたむきに見つめました。アアロンの手元を。アアロンは不機嫌な顔つきで筋肉を、ぐうっと緊張させました。

空はあてもなく晴れていました。

あたしも、ケヴィンのジムで、大股で歩きました。どこまでもどこまでも歩きました。でも行っても行っても行きつかないのです、それどころか始まりの地点にさえ、まだたどりつけていないんじゃないかと思うこともあるのです。毎時3・9マイル、4・0マイル、4・1マイル、どんどんスピードを早めていって、4・9、5・0、もうあたしは歩いていられない、背中からどんどん押されてせっつかれて、走り出してしまって、大股が追いつかない、それでもまだどこにも行ってない。スローダウン、とケヴィンが叫ぶのです。

スローダウン、自分を激しく押しすぎてはいないか、とケヴィンが。

ジムの窓から、空がいつも見えていました。

アカシアの色が褪せて、あたりから消えていったあとは、キャニヨンいっぱいにマスタードグラスが咲いて、キャニヨンが黄色く染まりました。キャニヨンからヒルから、何もかも。ちょっとした空き地も、土手も。マスタードグラスって、アアロンがめずらしく名前をあたしに、それは、からしな、っていうのだと思うのです、菜の花じゃなく。それなら葉は塩漬けにして、若い花の芽もいっしょに漬けて、からしな、炊きたてのごはんといっしょに、いちめんのからしな、いちめんのからしな、いちめんのからしな、なんて思いながら、いつもいつも、フリーウェイを走りました。空中に黄色い点点が浮遊してるような、そんな咲き方でした。青い空。

病めるは昼の月。

それから野生のポピーです、黄色にオレンジが混じりはじめました。矮小なマリゴールドも黄色とオレンジ、這いまわるキンレンカも黄色とオレンジ、それからあとは、いろんな色の、名前の知らない野の花があちこちに咲きました。もうアカシアはただの木にもどって、ただの葉、ただの緑、とてもひっそり、ほかの木々の間にうもれていました。あのときあんなに黄色くなって、アップライズ、アウトスタンド、上か外か、ここじゃないどこかに向かって、たけだけしく立ちあがってきたのが、うそのようでした。

野の花の素というのが、園芸店で売ってました。毒々しい緑色の、紙を煮溶かして固めたような奇妙なものが入っている袋でした。まけばたちまちあなたの庭はアソーテッドの野の花だらけ、というコピーの。

新しい造成地なんかで、斜面が人工的に作られます、ぺったりとならされて、そのあとに緑色のペイントが塗られたようになって。きたない色、何だろうと思っていたら、あれがこれでした。たしかに、少し経つと、野の花が咲きみだれました。それであたしはそれを買って、家の前の小さな場所にまきました。雨が地表を洗い流すなんてことがもうなくなっていましたから、花の素は溶けもせず、消えもせず、ひからびて、緑色の灰をぶちまけたような見てくれで、いつまでもそこに、いつか野の花は咲くでしょう、でもそれ以前の問題です、なんだかこびりついていました。ひかれて死んだままそこに、いつまでも取り除かれない路上の死骸の変化を見ているようでした。

ひく。ひかれる。

ロードキルって、いつだったかケヴィンがいいました。路上の死骸のことをそういうって。どっかで聞いたようなことばだなと思いながらあたしは聞いていました。ほら、ロードキルがあるよっていうふうに使う、とケヴィンがいいました。ほら、コヨーテのロードキルがあるよ、鹿のロードキルがあるよ、スカンクのロードキルがあるよって具合に？　とあたしがいいました。うーん、まあ、そうだね、ふつうはそんなに機関銃の連射みたいには使わないとは思うけどね、とケヴィンが。

あたしたちの日本に帰る日が近づいてきました。いえ、このまま帰ったきりなんてつもりはない、ただの帰省です、夏の休暇の、前々から計画していたんです、学校が終わったらすぐ、と。こっちの学校は、日本なら梅雨に入ったか入らないかというときに終わります。何がこいしいって、梅雨の湿気と、雨に濡れて気持ち悪いなと思う、あの感じでした。あの、逃げ場のどこにもないような濡れ方は、エルニーニョのときもこっちでは感じられませんでした。

太平洋の向こう側は、ラニーニャのはずです。

女性形は、幼児あるいは気象の異常さを、どんなに変化させているのかとあたしは考えていました。アアロンの松葉杖は、そのころになればはずれているだろうと、アアロンもあたしも、予測していました。

ところが、松葉杖ははずせませんでした。医者が使えというんです。あと三週間松葉杖といわれて、アアロンは、しょげかえって診察室から出てきました。整形外科から出てエレベーターに乗りこんだら、若い男が一人、とびこんできて、松葉杖の男でした。ズボンをだらけて下げて。日に焼けた。髪も日に焼けて色の褪せた。つまりそこらへんでスケボーやサーフボードを乗りまわしているような若い男なんですが、足をギプスで固めてまして。それが、松葉杖を、それは器用に複雑にあやつって、エレベーターから降りるとホールいっぱいに、松葉杖を支えにして、くるくるまわって曲歩きして、壁に登ってすべり落ちて見せました。誰に見せるともなく。でも、そこにはアアロンとあたししかいなかったので、あたしたちに見せてたんでしょうね。しょうがない、あたし、拍手しましたよ。アアロンは、無視していました。

車に乗りこむなりはーっとため息をついたのは、アアロンでした。あたしの方は何にも感想はなかったです、ただイグニッションキイを入れて走り出しました。あの、ガゼルが、ライオンに食われてるとき、足とか腰とかをばりばり噛みくだかれながら、目をみひらいてぼんやりしているのは、体内で何か麻酔的な化学物質が出て恍惚となってるそうですが、あんな感じだったのかもしれません。運転しながらあたしが口ずさんでいたのは、おさるのかごやです、何十年も歌わなかった歌が口をついて出てきちゃって、しょうがない、えーっさほい、えっさほいさっさって。

いてやらなくちゃと思いはするんですけど、飛行機をキャンセルして、予定をぜんぶひっくりかえして、向こうで待ってる人もすっぽかして、と考えたら、心は二つ、身は一つ、やっぱり、アアロンをこのままここに残していくことに最初から腹はきまっていました。

誰かがなんとかしてくれるだろう。

とは思いませんでした。アアロンは自力でなんとか生きのびるだろう、とあたしはどこかで信じこんでいました。そこには何の根拠もないから、信頼、信用というより、むしろ、祈りです、貧者の一灯、窮鼠猫を噛む、心頭滅却すれば火もまた、どれもぴったり来ませんが、ぴったり来なくていいのかも、頭にこびりついたえっさほいさっさはいつのまにか変形して、すたこらさっさ、すたこらさっさとあたしは唱えつづけていたんです。

そうあたしがきめていたのと同じくらい、アアロンも、残されるものと腹を、くくり、あたしはきめたけどアアロンはくくった、同じ腹なのに不思議です。とにかくそういうわけでした。

運転はできる、とアアロンはいうのです。ふだんから掃除を頼んでいる人に、買物と植物の水やりも頼む。あとは、うちにいて、コンピュータに向かう、Eメールでやりとりし電話で話す。これは松葉杖があろうがなかろうが変わるものではない。食べ物は自分で用意できる。食べて、トイレ行って、寝る。テレビも多少は見るかもしれない。二階にあがらないですむように、テレビ受像機もビデオプレーヤーも一階におろしておく。それから、ワゴンを買い足せば万全、とアアロンがいいました。台所で作った食事を食卓まで運ぶためのワゴン。

それであたしたち、家具屋や家庭用品屋を見てみたんですが、アアロンがこれと思うワゴンはなかなかないんです。かがまずに曳けて、使い捨てのような安さで、場所を取らず、装飾的でないもの。おもちゃ屋の店先で見つけました。赤の手押し車、車輪は黄色で、曳く柄は青で、親が曳けるように長くて頑丈でした。この柄にひもをむすびつければ、かがまずに曳ける。本体の上にトレイをくくりつければ、コップでも鍋でも何でも運べる。

買って帰って、ためしてみました。トレイのくくりつけ方が今いちだ、改善の余地はある、といいながら、アアロンが手元にずるりと曳きよせたら、たちまち手押し車は、バランスを失って、荷もろとも、ひっくりかえりました。

ジュースとかコーヒーとか。のせなきゃよかったんですが。こなごなのめちゃめちゃでした。しかしアアロンは顔をしかめただけでちっともうろたえず、曳いたらだめだ。押すんだ、と。そうして紙を取って、図をかきはじめました。

こうハンドルが来て、ハンドルの先にひもをつけるとこう来て、これをまちがった方向に、こう曳くと、全体は、こうひっくりかえる、おー失敗だった、アアロンの第一の法則に従ってしまった、これがあるから人類はだめなのだ、とアアロンがいいました。

何？　その、アアロンの第一の法則とは。

「馬鹿性」とアアロンはいうと、さらに、ペンを動かしながら、よし、曳かずに押す、その方が力を均等に加えられる、位置的には低いから、松葉杖の先でこうやって押しやる、あるいは足で蹴りやる、プラスチックの手押し車はそれだけで安定性をたもったまま、かるがると動いていく、とアアロンがいいました。

ＬＡの空港まで送っていくとアアロンがいいだしまして。いつもおまえたちが来るときはそうしてるじゃないか、そのとおりしよう、何でもないことだからと。とんでもない、とあたしはいいました。いつもとおおいに違って腰がこうなんだから、最寄りの空港まで送ってくれればそれでいいんだから、あたしたちは小さい飛行機に乗ってＬＡで乗り換えて行くつもりなんだから、といってもいっても、いったんいいだしたら聞くような人じゃないんです。アアロンです。しゅうしっ、とあたしにいい捨てて、それでもう、決意してしまいました。

それじゃせめて車椅子を使って、といったのはあたしです。車椅子に乗ってるような年寄りにはこんりんざいなりたくない、とアアロンはいっていましたが、じっさいアアロンのような状態の人が使わないで何のための車椅子かと、そのために空港には車椅子の貸し出しがあるんだから、そういうのがあるから、だだっ広い空港の中も移動可能になるんだから。

それなら、車椅子をどこかで借りて、空港まで持参していこう、とアアロンがいいました。だだっ広い空港の中で、車椅子をさがして走りまわるのも間の抜けた話じゃないか。

それでアアロンはあたしに運転させて、近所の薬屋に行って、車椅子をレンタルしてきました。いちばん軽い、折り畳めるやつ。そしていいました。運転は自分がする。空港につく。障害者用のプラカードで便のいい場所にらくらくと停められる。おまえは荷台から折り畳み車椅子を取り出して広げる。そこに自分がすわるからおまえはそれを押す。チェックインする。コーヒーを飲んでマフィンかなんかを食べる。自分は車に乗りこむ。自分はトイレに行く。そしてまた駐車場までおまえが押していく。自分は車に乗りこむ。おまえたちは搭乗口に直行して飛行機に乗る。トイレに行くときのために、松葉杖は必携だ。どうだ。すばらしい、周到な計画だろう。

すばらしい、周到な、科学的に計算された計画でした。フライトは、真夜中すぎでした。夜のフリーウェイを、アアロンはひた走りに走りました。やっぱりアアロンの運転は違う、と子どもたちがいいました。飛ばす飛ばす、おかあさんよりずっと飛ばす、揺れも少ないし、アアロンの車は背が高いから見晴らしもいいし。夜は何も見えないじゃないの、とあたしが。それでも夜の高速の車の列が見える、とグミがいいました。子どもは夜なんて外に出ないからなかなか見れない、いつも見たいと思っていたんだよ、ねえどっちがきれい？　あっちから来るのとこっちから行くのと。

そのうち二人とも寝てしまって。アアロンはだまりこくって飛ばしつづけました。

四つあるレーンのいちばん左側をかならず、ということはつまり追い越し車線を、アアロンはひた走りに走り抜くわけです。ステアリングを握る腕が、鍛えられて、もりもりしていました。皺があって、しみがあって、太っていて、毛むくじゃらで、毛は白くって、それでも、筋肉でもりもりしている腕でした。夜のフリーウェイはきれいでした。あたしはひさしぶりに助手席にすわって、アアロンがだまってますからしょうがない、尾灯の赤がつながるこっち側より、反対側の白いライトのつながった方がきれいだなどと、価値判断したってしょうがないことをぼんやり考えていました、グミみたいでした。

鍛えこんだ腕を持ったアアロンが、首尾よく障害者用の駐車スペースに車を停め、あたしたちの差し出す車椅子に腰をおろしました。いちばん軽い折り畳める車椅子は、ほんとにただの車椅子で、自分で動かすこともできないタイプでした。人に押して連れていかれるしかなかったんです。それをあたしが押し、グミが押し、あい子が押しました。

あたしたちはコーヒーショップの片隅にすわっていました。深夜というのにLAの空港はそうぞうしい場所でした。あたしたち以外にも、エスニックな子連れがたくさんいて、親が子どもにものを食べさせたりしていました。アジア、南米、中近東あたりに行く飛行機が、この時間帯にいくつも飛び立つのでした。

帰ってくるか、とアアロンがグミを抱きしめて聞きました。

うん、とグミが力強く答えました。

ほんとに帰ってくるか、とアアロンがあい子を抱きしめて聞きました。

あい子はにっこりしてうなずきました。

こらこらこんなところで感傷につられて愛想よくするんじゃない、と内心あたしは思っていました。もう二度と帰ってくるかとグミでもあい子でも、アアロンに、ここではっきり宣言したらどうなるかと、考えずにいられませんでした。そうしたらあたし、たちまちその気になっちゃうかもしれません。心は二つ、身は一つってね。

アアロンがあたしを抱きしめて、あたしにキスをしました。こういう人中でキスされるのは居心地が悪いんですが、アアロンは気にしません。キスされながら、あたしはもぞもぞと、つい薄目をあけて、そこらを見てました。すると薄目あけたそこで、グミが、ヌシのいない車椅子にすわって、猛スピードで回転してるんです。遊園地気分であい子が、それを押し回しているんです。ちょっとあんたたち、とあたしはアアロンのくちびるをなぎ払って、大声で。何やってんの、やめなさいったら。

あい子のおしりが、もはやガイコツでも何でもありませんでした。パンツにおおわれてそこに、にくにくしくひろがっていました。今にも布地が張り裂けて、むき出して、あたしたちを押しつぶしにかかってくるような、そんな量感でした。突き出た足は長くって剃りあげてありました。髪の毛がざんばらに揺れて、かわいらしい、丸い顔が、あたしに向かって、いいました。

ならいないとこでやるから、人のぜんぜん誰もいないとこ。

カラカラ音を立てて転がっていくような明るさでそれはいいはなたれ、グミがにきびだらけの顔でにやりとして、そして車椅子は、押して押されて、すーっと動いていきました。

スリー・りろ・ジャパニーズ

あのセックスはほんとに楽しかった。いくとかいかないとかいうのが問題ではない。夫がわたしに触れるひとつひとつが、いやでなく、脂汗もかかず、受け入れられたということだ。夫を、積極的になめまわし、なでまわしもした。あんなことしたり、こんなことしたりもした。そんなににこにこしながらするセックスはひさしぶりだった。「セックスがいいと生きてるのが楽しい」とわたしは言った。「そうかね」と夫がうれしそうに答えた。それが車の中の今朝いちばんの会話だった。

「ほらね、入れた瞬間のことを考えると今でも鳥肌が」とわたしはなおも言って、夫はにこにこした。その頬に血が、ついていて、それをわたしは指でふいて口に入れた。

こんなことはひさしぶりだった。こんなことがあるのだとわかっただけでもうれしいと思った。

かたつむりが殻のことを考えるように、夫のことを愛している。

でも実際に愛しているなどと言ったことはない。

「愛してるよ」

と夫に言われたかどうだったか。考えると、言われたような気がする。わたしは言わなかった。それに似たことばなら言いちらしたのを覚えている。それは結婚の前後である。

学生のころにずるずると住みはじめて、切れていた電球をふと思いついて買いに行くように籍を入れたから、たいした感動もなかった。その前後にならそんなことを言いあっていた。愛している、ほど直截じゃないがとても近いことばで。

夫のいない生活なんて考えられない。

夫とずっといっしょにやっていくのである。

「それを総合すると愛してるっていうのよ」といつか友達に言われたが、だからかたつむりのようにとか、おまえ百までわしゃ九十九までとか、いろんな言い方でもって、わたしは夫を愛していると断言するのだが、断言しながらもわたしには何もかもが「嘘っぱち」、嘘とまでは言わないが、現実味のともなわないことのようで、ふしぎに思えるのだ。

でも鳥肌ならたしかに立っていた。そしてそれは夫とのふかい結合のしるしだった。とてもよかった。夫を愛していてよかった。わたしがそんなことを考えているうちにも夫は運転をつづける。風景は過ぎ去る。あちこちに桜が咲きほこる。後部座席ではベビー用カーシートに一歳になる娘のたまらがすわっている。

その計画は、夫がずっと練っていたのである。練るそばから、わたしに語って聞かせた。わたしは、たまらのたどたどしい語りを熱心に聞くように、それを聞いた。朝に晩に、否応なしに注入されていった。荒唐無稽に思えたのははじめのうちだけで、そのうちになじんでしまった。それを聞かないでは一日がはじまった気がしないし、終わった気もしない。生きているという気もしないのである。じつをいえば、わたしはそれを、人がひとり生きていくために必要な夢と思っていた。持ちつづけてないと生きていく気力が消えていってしまうような。

夢でなくても、いいわけと思ってもいい。何でもいい。

先週の月曜日だった。夜の十時半に夫が塾から帰ってきて、そうぞうしく自転車を軒下に入れるのが聞こえたから、お父さんだ、とたまらと迎えに出た。

夜の十時半に、たまらは寝ているときもあるし、起きてるときもある。保育園でじゅうぶん寝てくるからなかなか眠くならない。

最後のクラスは九時半に終わる。そのあと夫は、子どもの相手をしたり明日の用意をしたりして、十時半には帰る。

玄関先で夫は、待っててくれたのーと声を裏返してたまらを抱き取り、その裏返った声のまま、「おかあさん」とわたしを呼んだから、幼児の息子に呼ばれたような錯覚があった。夫は声を改めて言った。

「決行してもいいかい」

夢やいいわけじゃないと知ったのはそのときだ。口はひきつって、目はうるみ、夫は本気だった。

それでも違和感はなかった。聞きすぎたせいだ。朝に晩に、夢を聞きすぎた。聞きすぎたから、耳の穴にたまって固まってこびりついてしまった。

子どものころの遊び仲間にもこういうのがいたなあ。ひみつ基地とか漂流とか壮大な計画をしょっちゅう立てていた。さんざんバカにした。現実性がないとか、できるわけないよとか。まさか似たような男と結婚するとは思わなかった。

あの子の計画の荒唐無稽さも夫の計画の荒唐無稽さも、たぶん同じようなものだ。でも夫の計画には違和感はなく、かといって現実味があるわけでもなく、それなのにわたしはいっしょになって、実行に移そうとさえしている。

計画のことならすみずみまでわかっていたし、その計画がなくてはならない理由もわかっていた。犬と飼い主みたいに、わたしたちはいっしょに暮らして、ぴったりと二人きりで、しかもどんなことばで言い表そうと愛しあっていたことにはまちがいがないのだから、わからないわけはなかった。夏場の冷房のようなもので、それがなければ夫はひじょうに生きにくいのだろうということもわかっていたのだ。

それから身の回りのものを処分したが、表だって処分すると当局に知られてまずいことになると夫が言うので、家や家具は手つかずだった。お金をおろして、ドルに替えた。かつかつで生きていたからたいしたお金もなかった。それがみんなドルになった。ドルにするとお金の価値がわからなくなった。ただの紙の束に見えた。

「一九二九年のウォール街ってこんな感じか」と夫が言った。「一夜にして紙屑同然」

「決行」ということばのいちばん劇的で具体的な部分はその紙屑というあたりだった。

「ニューディール、新規まき直し、お金が紙屑になっちゃっても、ぜんぜんit's not a big deal というときの deal だ。dearu じゃなくて、deal だ(夫は大げさに舌を突き出した)、おれたちのニューディールだ、共和党政権になってしまったけど、四年すれぱまた大統領選だ、次の次の次の大統領選のころにはおれたちもアメリカの市民権を取って選挙に行ってるかもしれないよ」

夫の経営する学習塾は、自転車でほんの五分のところにある。先週講師が一人やめてしまった。まだあとがみつからないから、夫は一日に六時間教えている。早い時間には、わたしも教えている。わたしが教えているのは個人クラスである。

保育園のお迎えぎりぎりの時間に、個人クラスが終わる。ことしから保育園では、七時までの延長保育をしてくれるようになった。超過料金を払えばいいから、すごく楽になった。以前はどうにもやりくりがつかなくって、あやまりながら遅れていったことがたびたびあった。ぽつんとたまらだけが当番の保母さんと向かい合ってるのを見るのは、なんだろうか、悲しいとか寂しいとかに近いが、少しちがう。お迎えが来なくて寂しい思いをしていたのは、わたしではなくたまらなのだけど、それでも何か、ゴミの日の朝のような、ゴミ袋の口をきゅっと締めて出してしまえばわからない、出してしまえ、出してしまえ、とそそのかされているような気がした。それはほんの一瞬だ。たまらを抱き取ればそんなことはたちまち忘れた。融通のきかない保母さんのときはいやみをいわれた。柔軟な保母さんに、おかあさんごくろうさまなんて迎えられると、愛してるよってささやかれたように感じた。そんなときにも、生ゴミに出してしまえばいいのではないかとふと思ったりした。でも、たまらは抱き取る。抱き取れば忘れる。忘れて自転車の補助席に乗せて、買い物して帰る。帰ってビデオをつけて、ごはんを作る。


最初は、寺子屋のような英語塾だった。

夫が院生のころから近所の中学生を集めて教えていたのを外に募集するようになっただけのことだ。場所もアパートの大家さんの離れから近所のマンションの集会場、それから国道沿いのビルの三部屋あるところにひっこした。集会場までは、夫だけでやっていた。それから後輩や後輩の友達や現役の学生を講師に雇うようになった。その人間関係がめんどくさいと夫が愚痴をこぼした。しょっちゅう入れ替わるからしょっちゅう新しい人をさがして面接しなければならない。それだけでも疲れると、夫が愚痴を、ごはんを食べながら、道を歩きながら、しきりにこぼした。

夫が中学生に教えていたのは英会話というよりむしろ英語圏の文化である。独立戦争とか南北戦争とか、マグノカルタとか東インド会社とか。アメリカの開拓者とかロンドンの煙突掃除人とか、イヌイットとかアボリジニとか。

「しゃべれるようになるためだけの英語塾なら、なにもわざわざおれがやらなくたっていいんだ、おれはね、子どもたちに英語をきっかけにして文化そのものを教えてやりたいんだよ」

夫の語る夢が好きだった。それでもときどき、お説はごもっともなんですけど、とからかってるのか意見してるのかわかんないなと思いながら夫に言ったものだ。

会話が役立つ役立たないはどうでもよかった。親にはどうせわからなかったから。ただ、中間や期末の前には、テストの点を上げることをしなければならなかったし、どうでもいいはずの会話も、英語のネイティブの外国人がいないとやはりだめなのだった。さらにいえば、英語ネイティブの白人の外国人がいないとだめなのだった。この閉塞して保守的な地方都市だからそうなのか、あるいは東京のような大都会の英語塾へ行けば、白人のネイティブスピーカー以外の外国人も講師として雇えるのか、知りたいと思う。

「日本人講師のことだけでも疲れるのに、外国人講師のことを考えるともっと疲れるからいやだ」とだだっ子みたいに夫は言いはったが、外国人講師がいない英語教室は、どうしても生徒が集まらなかった。親が納得するような外国人の講師を入れるだけでずいぶん違うのにと言っても、なかなか夫はきかなかった。

外国人講師はふたり雇ったことがある。

ひとりは香港から来た留学生で、スタンリーといった。英語はぺらぺらだったが、すごく聞きづらかった。なまっているというか、癖のようなものがあった。わたしにはほとんど聞き取れなかったが、スタンリーは、わたしあたりがかつがつしゃべる英語は、なんでも聞き取って理解してくれた。

スタンリーが会話を教えている間、夫は「英語と文化」と称して、香港に関連したことを集中して教えた。香港の歴史も人々の暮らしも、なぜ彼が英語ができて英語の名前を持っているのか、彼の家族はカナダにいるがそれはなぜか。カナダでどういう暮らしをしているのか。カンフー映画も借りてきて見せた。子どもの何人かは、まるで行ってきたみたいに、香港にくわしくなった。夫のやりかたを支持してくれる子どもはいつも一人二人ならいたのだ。ただ中学生は、二年になるともう受験を考えなくちゃいけなくなり、三年たつと卒業してしまう。何をやってるんだという苦情が保護者から来た。スタンリーの英語が標準的でないとも言われた。夫は激高した。

「標準的とはなにごとかとおれは思ったぞ。おれたち日本人は、日本人の英語を発見する。香港人は香港人の英語をしゃべる。日本人は日本人の英語をしゃべる。フィリピン人はフィリピン人の、フランス人はフランス人の、アメリカ人はアメリカ人の、英語をしゃべる。標準なんかあってたまるか」

夫はわたしに言うのである。

「ねえおかあさん、そうだよねえ」

ごはんを食べながら、道を歩きながら、夫はわたしに言うのである。

そのとおりとは思うのだが、金を払う保護者が夫の理想に同意しないかぎり、どうにもならない。どうにもならないから向きを変えるしかないのに、夫は変えずに、保護者に食ってかかった。

「日本人は日本人の英語を発見するべきなんです」という夫の声がひびきわたった。わたしは隣の部屋にいて、夫が、ひどく感情的になって、泣きたいのか怒鳴りたいのかわからない口調で話すのを聞いていた。

「ジャッパニーズイングリッシュというぼくら自身の英語をつくりあげていっていい、なまっていたって、なまりがあるからいいんじゃないですか、それを正々堂々と何ら臆するところなく使いたい、アメリカ式のなまりをまねすることはない、自分たちのなまりをつくりあげる……日本人の英語だ、アメリカとイギリスしか考えないようなんじゃだめで、英語は文化だ、歴史も言語も、文学も事件も、アイデンティティも何も、猿まね……ばかばかしい、浅薄で、表層的で、何のたしにもなりませんよ」保護者はぷりぷりしながら部屋を出てきて、「先生のおっしゃることはさっぱり意味がわからん」とわたしに向かって言い捨てて帰った。そして子どもは来なくなった。スタンリーも来なくなった。

スタンリーが最初に来たとき、夫はクラスで彼を紹介した。

「一八七一年にスタンリーという新聞記者が、行方不明になった探検家のリビングストン博士をさがしに行った、なかなか見つからなくって……(夫は劇的に間をおいて)二百三十六日めに(ひゃー、という子どもたちの声)やっと出会えた、そのときにスタンリーが言ったのがDr. Livingstone, I presume? リビングストン博士でいらっしゃいますかっていう意味だね……」

それが、すごく耳に残っている。夫はスタンリーの受け持つクラスで、いちいち同じことを言って紹介していたから、くりかえしくりかえし、壁ごしに聞こえた、Dr. Livingstone, I presume? Dr. Livingstone, I presume? Dr. Livingstone, I presume?

わたしが彼に、「スタンリー」と呼びかけるたびに、わたしの頭にいつもその、リビングストン博士に出会ったスタンリーのI presume? が浮かんだ。

I presume? ってなんて訳せばいいのか。「お見受けしますが……」あるいは「わたくしの察しますところ……」っていう感じか。スタンリーという人の印象がもうひとつあいまいなのは、彼の英語が聞き取れないとか、香港生まれでカナダに移民していったい何人なのかよくわからなかったということのほかにも、そのI presume？……アイプレズュームということがついてまわるせいだと思う。

スタンリーには中国語の名前もちゃんとあって、彼は、何回もそれを書いて教えてくれた。字を見ればわたしにもなんとか発音ができた。発音を忘れるとまた書いてくれた。それで、しばらくは覚えていた。中国語読みでちゃんと。今は忘れてしまった。そして彼の名前は、スタンリーしか思い出せない。彼の顔は覚えているが、無声映画みたいにぱくぱくしているばかりで、声も、その英語も、聞きづらかったのは覚えているがどう聞きづらかったかは思い出せない。元祖のスタンリーがI presume？と言ったのも、どこだったか南極だったかヒマラヤだったか。あいまいになっていく記憶を、スタンリーには申しわけないと思っている。

ネパール人を雇ったこともある。リポクという名前だった。彼の英語もなまっていた。スタンリーのとはぜんぜん違うなまりだった。

英語のなまりなら、夫にもあった。講師たちにもわたしにもあった。でもそれは気にならなかった。みんな日本語を基本にしてるから、みんな同じふうに、なまってるということも忘れてしまうくらいなまっている。それがふしぎでたまらない。気球に乗ると、風と同じ方向に動くから、風は感じないそうだといつか夫が言っていた、あれだ。病気が同じ症状を出す、あれに近いかもしれない。

リポクは性格もすごくはっきりしていたから、主張がはげしかったし、授業はまるで登山中のシェルパのように実践的で、ときどき実践的すぎて、テストの時期になっても教科書には戻ってこなくて、「いったいぜんたいなんだってこんなでかいアンモナイトが取れやがったんだ」「おーまいがっ、凍傷にかかっちまったぜ」「おいこら、谷へゴミを落としてはいけないと何度言ったらわかるんだ、ちくしょうめ」(ぜんぶ意訳)なんて感じの会話をやっていた。それで保護者から苦情が来ないわけがなかった。しかたがない、わかっていたことだったから。

そのころ生徒に七十すぎの人がいた。八十すぎかもしれない。その年ごろの人の年はだいたいわからない上に、塾の教室なんていう場違いなところで会ってた人だからよけいわからなかった。桶谷さんといった。中学生は彼が教室に入ってくるとなんとなくだまってしまって話しかける子もいないのに、彼は疎外感ものともせず、しゃきっとすわって熱心に授業を受け、授業の後には居残って、リポクに向かって夢を語り、質問をした。夢というのはヒマラヤ登山、ヤクの群れや岩やエベレストの雪煙、リポクの顔を見てから作り上げたみたいな夢だった。

わたし自身も、リポクをヒマラヤとむすびつけて考えているからそういうことばかり思い出すのだろう。インド人とカレー、みたいに。でもそのおかげで彼については、ヒマラヤから降りて来たばっかりのすごく純粋な人、みたいな印象が残っている。ほんとはいろんなことがあった。生きて主張する人間だから不愉快なことも。それはむりやり思い出さないと思い出せない。

桶谷さんはこんな英語をしゃべった。

「あいわんと、ごーとぅー、ひまらや、ひぃまぁらぁやあ」

「とぅー、くらいむ、むむむ、まうんてん」

「はうまっちー、いっつ、こすとー?」

なまりどころじゃない、もはや英語でもない、なにか別の言語に聞こえた。

リポクは、桶谷さんとはぜんぜん違うなまりでそれに答えた。桶谷さんと英語でヒマラヤの話をするなんて、赤ん坊にいないいないばあしてその返事を待ってるようなものだから、ときどきもどかしくなって、日本語に切り替えてしまって、

「そうよ、こんなにでっかいアンモナイトがいます、昔、そこは、世界一深い海だ

った川だ」なんて言って、

「ほーそうですかあ」と桶谷さんがうなずくのだった。リポクの日本語は英語よりなまった。もっと間違って、もっとゆがんでいるのが、わたしにはわかった。

そのとき、日本語ならどんなささやきまで聞き取れるということに気がついた。事務所で、お金の計算や採点をしながら隣の部屋の英語を壁ごしに聞いていると、英語のことはどうでもよくなって、自分は日本語がよくわかる、すみずみまでもわかる、桶谷さんのめちゃくちゃな日本語のような英語もぜんぶわかる、漫然と聞いていても意味がわかるということに、気づいたのだ。

「すごいもんですなあ」なんて言ってから桶谷さんはハッと気がついて、自分は英語を習いに来てるんだってことを思い出して、

「あいしー」などとつけ加えて、それがseeじゃなくて、まったくの「しー」で、それを口に出して言ってはじめて、桶谷さんは納得するのだった。

リポクがやめたあとは、桶谷さんは「塾頭先生、塾頭先生」と言って夫をつかまえ、将棋でも打つような調子で質問をした。夫は将棋盤を抱え込むように座りなおして桶谷さんの相手をした。

「じいさんくどくって」と遅く帰って来て、夫はごはんを食べながら愚痴をこぼし

たけど、桶谷さんに思いっきり意見を述べ思いっきり感心してもらうのがほんとうはいやじゃなかったのだと思う。

学習塾に路線を変更することになって、桶谷さんも来なくなった。

どうしても受験英語の、しかも補習塾になっていくのがとめられなかった。会話をやりたい子は英会話学校へ行く。英語の成績を上げたいだけの子ならうちみたいな塾にもやってきたが、勤勉に勉強してすくすくと能力を伸ばすような子、学校で四や五を楽に取れる子は大手の塾へ、もっと効果的な受験勉強を目指して行ってしまう。

この五年くらいのうちに、駅前には大きなビルがいくつも建った。それがぜんぶ大手の塾だ。全国ネットの英会話学校もいくつもできた。もとより、うち程度の塾で、そんなところと競合しようなんて思ってない。でも、そういうところにやる気のある子どもたちが率先して行ってしまうから、うちに来る子は、やる気のない、英語にも関心のない子がほとんどだった。文化を教えたいと夫が熱望しても、文化に興味もないのである。

結局、中学生相手の補習塾が残った。たまらが生まれるちょっと前に、寺子屋には変わりなかったけれども、はれて補習中心の学習塾になり、英語塾は看板を下ろした。といっても同じ場所で、飛翔塾というたんぽぽのわた毛みたいな名前もそのままで、折り込みチラシを配っただけだ。なんとかいうフランチャイズの塾から勧誘されたが夫は乗らなかった。わたしも反対した。フランチャイズなんかで、夫が生きていかれるとはとうてい思えなかったから。

「手作り」とか「親身の指導」とかいうのを売りにするしかなかった。クラスの規模をどんどん小さくしていくと、採算はますます取りにくくなって、この三年間、毎月の支払い日にはいつも右往左往していた。家族の「糊口」というやつが宙に浮かんだっきりはりついてしまったみたいに、スリリングだった。

「おまえらー」と隣の部屋で、夫が声を張り上げて叫ぶのが聞こえた。

「なんで英語を勉強するんだ？」

「じゅけーん」

中学生が口々に言った。けーん、けーん、けーん、とシンリンオオカミの遠吠えのようにこだまして聞こえた。

「ちがーう」

隣の部屋で聞いていても、夫の唾がそこいらに飛びちるのがまざまざと見えるようだった。

「自分だ、自分のためだあ、自分を表現することだ、したい、みたい、話したいことを考えるんだ、自分はだれでどこに行くのか、言えるようにするのだあ」

「いえるよー、マイネーム、イーズ、コバヤシ、アイワント、ゴートゥーといれー」とひとりの子が言って大声で子どもたちが笑った。

「ちがあああう」と夫はさらに大きな声で、

「名前を聞いてんじゃなぁい、おまえら自身だ、おまえらなんだあ」

子どもたちにはたいていしたいことも話したいこともなかったし、自分自身なんて英語で表現できるとも思ってなかったから、プリントをうめていくだけでいいのだ。ああやってあそこで、ごちゃごちゃかたまってむんむんする臭いを発散していろんなことを考えているひとたちを、そんなふうにひとまとめにして言い切ってしまいたくないけれども、少なくともうちの塾に来ている子たちは、なんだかほとんどがそんなふうに見えた。まるで悪びれずに「せんせえ、こんどのテストー、○×しきじゃない問題おおすぎたー」なんて文句を言ってくるのである。

「先生の英語を子どもがかげで笑ってます」と講師のつぐむくんに言われたことが

ある。

「発音が悪すぎるっていって、先生はむかし交換留学生かなんかでアメリカに行ってたんでしょ、それにしちゃすごい発音なんですよね、なんかフィリピン人の英語みたいで」

「フィリピン人の英語ってどんなの？」とわたしが聞き返すと、

「いやそういう……英語のネイティブの人じゃない英語の発音ですけど」とつぐむくんはしどろもどろになって、

「フィリピンって英語とタガログ語が公用語じゃなかったの、知らないけど」とさらに追及すると、

「いやなんかそういう……そういう、どこでもいいんだけど、とにかくアメリカ人とかイギリス人とかじゃないそんなところの人はそんな感じじゃないかと思って……」

つぐむくんは狼狽してしきりに喉を鳴らした。くんくんと喉の奥の方で、ひっかかったものを払いのけてすぽんとクリアにするような、徹底的にクリアにしてしまいたいような、息を飲みこんで納得するような、うなずいて確認するような、痰といっしょに鼻くそも取ってるような、そんな合いの手をはさんだ。これは彼の癖で、わたし

がこのようにからまなくてもいつもそうしながら話すのである。

ものすごく耳ざわりだった。

最初来たころはろくに会話にならなかった。何を聞いてもことばがどこかにひっかかって次へすすめなかった。なじんできたら、今度は立て板に水でしゃべるようになって、口がはさめないからやはり会話にならなかった。立て板に水でもしきりに喉を鳴らすから、それがひっかかる。ひっかかってるのを気づかずにつぐむくんはひきずっていく。こんな講師で役に立つのかと最初は思ったものだ。それがいつのまにか古株の講師になった。夫と奇妙に気があった。今、奇妙と言ったのは、夫こそ、人とうまくやっていくことができないからだ。つぐむくん以上かもしれない。人とまじわるのが仕事なのに、人としゃべっていても、どこか会話がかみあわなかった。外を歩いていても、人とちがった。夫だけが実体のない影みたいに、つんのめりながらふわふわ歩いていた。

「あいつみたいな心の傷をひきずったおとなの方が、思春期の連中と気持ちがわかりあえるんだ」と夫は言った。

つぐむくんが傷をひきずっていようがいまいが、子どもたちの方は、彼の気持ちをわかろうとなんかしないし、わかりたくもない。「クンちゃん」と呼ばれているのを彼は知らないと思う。

「Rが巻き舌なんですよ？　スペイン語かなんかみたいにへんにぐるぐるしたべらんめえな感じになるんですよ？　それでSとかTとかやたら強くって口の中で破裂して唾がとびちってくるような感じで」

つぐむくんはRもSも何回もおおげさに発音してみせた。

「little とかいうときおれらは li(リ)-tt(ト)-le(ル)ってぐあいにとりあえず言おうとするけど先生のはなんかもうすげえ感じで、はっきり、りろって。四六時中フランス語のeの発音してるみたいに顔がゆがむしね、英語なんだからそんなゆがむことないですよね？」

「わかんないなあ」とわたしは言い捨てて、そっぽを向いて、気まずくなって、これじゃ夫みたいと思ったがあとのまつりだった。夫はときどき、こんな突き放すような物言いをする。不器用な人だなあと思うのは、そんなのを見るときだ。でもどんなに不器用でも、英語力はマジですごいと信じていたから、つぐむくんなんかにバカにされるいわれはぜんぜんないと思っていたのだ。

「なんでわかんないの、RじゃなくてLだ、right のRじゃなくて left のLだ、rainbow のRじゃなくて love のLだ」と夫は言った。

「ライトのアールじゃなくてレフトのエルだ、レインボーのアールじゃなくてラブのエルだ」としかわたしには聞こえなかったけど。

RとLくらいわかんなくてとうぜんじゃないのかなあとわたしは思うけれども、夫にはいつも直される。

発音が悪い、と高校のとき、鈍感な先生に授業中に言われた。その場で泣きくずれた。体臭が臭いと言われたような気がした。声ってそんなものだ。でも夫になら、何を言われても泣こうとは思わない。

夫は、だれの英語でも、発音も、文法も、「informations は数えられないから s はいらない」なんてことも、まるでたまらをぶらんこに乗せていつまでも押してやってるときみたいに、ことばを口うつしするみたいに根気よく直した。英語で言ったらこうなる、とつけ加えた。

おまえの英語は今はどうしようもないが、性格がすなおだからきっと上達する、と夫はくりかえした。一、二年アメリカに行って暮らせばたちまち上達する、おまえのような人間はかえっておれなんかより上達が早い、と夫はくりかえした。ただほめられるのよりもっと複雑な、恍惚とした希望がもてた。

教えられるというよりは教わるという感じで、教わるというのよりは教えみちびかれるという感じだった。愛しているのか信心しているのかわからなくなった。あるいはセックスの一変種であったかもしれない。そう考えれば、ぞくぞくするではないか。LとRをなおされるのは、セックス行為だった。そしてLとRなら、わたしはいつも混乱していたのだ。

夫が交換留学生として一年間暮らした町は、なんていう名前だったか、何度聞いても忘れてしまった。「英語に聞こえないような名前だから覚えられないのかも」とある日言ったら、「英語じゃないから」と夫に言われた。

「ガールフレンドはできた？」と聞いたら、

「人としゃべるのにも気後れしてまともに人間関係が作れなかった」

そんなことを聞いたのは、最初に知り合ったころだ。まだ、夫がその留学から帰って数年しかたってないとき。つまらなそうに言ったからそれ以上聞かなかった。

数年してまた同じことを聞いたら、答えがちがった。

「アメリカの女はおっぱいがでかすぎて、その気になれなかった」

できなかったのだけが事実みたいだった。

「英語はどのくらいで分かるようになった?」と聞いたら、

「帰るまで授業はろくに何をいってるのかわからなかった。帰る直前にあっなんとなくわかるかなと思ったが、もう遅かった」

これは何回聞いても、同じことを答えた。

フォスターファミリーの「兄」と「妹」も同じ高校に通っていた。そのあと数年のうちに「兄」が交通事故で「殺されて」、それから数年のうちに「妹」が乳ガンで死んだ。連絡はそれで途絶えた。

「殺された」っていうのに驚いて聞きなおしたら、

「英語ではそう言うんだ、He is killed by an accident みたいに」と夫は言った。

「おもしろい言い方だと思った、その知らせを聞いたとき」と夫は言った。「「妹」が狼狽して、おろおろして、英語で言ったら upset だけど、あちこちに電話をかけた。おれのところにもそうやってかかってきた。何を言っているかよくわからなかったが、He is killed, He is killed とくりかえすのは聞き取れた。肉親をなくして動転している人の口から聞くとまた格別にドラマチックに聞こえた」

ごはんを食べながら夫は言った。ちゃぶだいに、ごはんと、おかずが二三品。適当にまずしいふつうの食事。肉の焼いたのに野菜の炒めたのかなんかだった。

「凄い時代だった。連続殺人があちこちで起こっていた。新種の病気がはやって人を殺し、ホラー映画と乱射がはやり、女子どもがいろんなやり方で殺されて、飛行機がしょっちゅう落ちた。おれがいた間だけでも三回飛行機が落ちた。

そしておれは校内でもレアなアジア人の男で、アジア人はチャイニーズと総称されてたけど、クールな女の子たちはスシを食べるから日本文化を知っていて、それでたいへんにもてたのだ。同い年だった「妹」も得意になっておれを友だちに紹介しまくっていたものさ。ダンスパーティーのときにも女の子たちにつきまとわれたけど、おれはどうしても、おっぱいの大きな女は堂々としていすぎて好きになれなかった」

最終的にはそういうことになった体験談を、ごはんを食べながら夫がわたしに語るのだった。夫が何を語ろうと、わたしは夫の体験が好きだった。夫のホラ話には乳の小さいわたしにたいする無数の愛(玉みたいにきらきらしているから、一つ二つと数えられて複数形になってよいのだ)がふくまれているようで、夫に間断なく愛をささやかれているようで、腫れあがった乳房をゆすって歩いているアメリカの少女たちとの恋の競争にうちかったような気がしていた。ここでわたしのつくったごはんを食べているかなり貧相なアジア人の男は、わたしを愛して、ほかの女を愛さなかったのである。わたしのごはんは食べて、ほかの女のごはんは食べないのである。

わたしたちの出身校はこの町にある国立大学である。ほかに入るところがないから来た。ここの出身でもないのに、ここにいる。大学院はあるが、出てもろくな就職口がない。

知り合ったときは先輩後輩だった。院にすすんだ夫は休学してアメリカに行った。そのときはなんとなくつきあいはじめていた。つきあうといっても、二人だけで会うという意味だ。小さい町の小さい大学だから相互関係はすぐに知れた。そのうちに相手がアメリカにべつに何の用も目的もなく行くと言う。いっしょに行こうなんて気持ちにもなれなくて、宙ぶらりんになって、ほかの男の子とつきあうでもなく、卒論を書くのも身が入らなかった。

卒論はキップリングだった。「メアリ・ポストゲイト」をやっていたが、「ブラッシユウッド・ボーイ」の少女マンガのような恋愛にあこがれていた。会ったことがない恋人同士が同じ夢を見る、会った瞬間に恋人とわかる。そんなことがあるものか。と思いながら夫との出会いはそうだったのかもしれないとわたしは考えていた。「ジャングル・ブック」が好きだった。子どものとき子ども向けの本で読んだ。ほんとうに好きだった。ああいうジャングルで暮らすとか漂流するとかいう話が。それで英文科に入ったときそんな話をしたら、指導教官に「じゃキップリングやりなさいよ、「ジャングル・ブック」だけじゃなくてほかにも書いてるから」と言われた。四十代の男の助教授だったけれども、十代の終わりのわたしが、何を欲していて、何を読みたがっていたのかちっともわかってなかった。わかろうともしてくれなかった。それで「メアリ・ポストゲイト」、ほんとは原文を読まなくちゃいけないのに、うちの大学の英文科程度では原文を読みとおすなんてとこまでいかない。原文を見ながら翻訳で読んで論文を書けばいいのだ。なんにも身が入らなかった。それについて考えれば考えるほど、オオカミやジャングルから遠ざかっていくような気がした。はじめからあきらめていたのかもしれない、そんなもの。

卒論はひどい出来だった。指導教官は卒業させてくれたけど、就職口がなかった。教員試験は落ちた。しょうがないから郷里に帰って、親の家に住んで、アルバイトしながらまた教員試験を受ける準備をしていたころ、日本に帰ってきた夫から連絡があり、わたしは飛び立つような気持ちでこの町にもどってきて、教員試験も受けないまま、ここで夫と住みはじめて、二人ともアルバイトをしながら暮らした。そして結婚した。裕福なときはないし将来はいつだって不安だが、それが「ジャングル・ブック」に読みふけった時間の答えだったかもしれないと思うときがある。

「アメリカに行きたいなあ」と夫が言った。

日曜日の夕方、混んでるバスに乗って町から帰るとき。

日曜日の夕方、混んでるバスに乗って町から帰るときというのはとくべつな感じがある。たまらは疲れて夫の腕の中で眠っている。わたしは両手に買い物の袋をぶらさげている。できあいのおそうざいも入っている。自分が「ジャングル・ブック」を読んでいたときと同じなのか違うのかわからないなと思う。「メアリ・ポストゲイト」で聞こえる飛行機の爆音が耳につく。

わたしはそういうとき、自分のねぐらを嗅ぎあてられそうになってるけものの気分で、

「おとうさん声が大きい」と夫に言った。夫は鈍感なところがある。人中でも大きな声でしゃべったりする。ジャングルに住むという危機感がないのだと思う。夫はむっとして、でもすなおに声を小さくしてつづけた。

「ほんとはアメリカでなくてもいいんだけど、とりあえず日本の外」

日曜日の夕方、混んでるバスに乗って町から帰るとき、このごろ夫が言うのはたい

てい、帰ったらすぐお風呂に入りたいとか、明日の授業はどうするとかだったので、すごく新鮮に聞こえた。

「いいねえ、行こうよ」とわたしは言った。

「どこにも行ったことないからどこでも行きたい」

「行かれないんだよ、行かれりゃ行ってるさ」と夫はさらに小声で言った。それでわたしはそのときはじめて夫のひみつを知ったのだった。


「留学していたのは何てところだったっけ？　英語じゃないみたいに聞こえたけど」

わたしは言った。

「英語じゃなかったんだよ」

「前にも聞いたけど忘れちゃった、英語だってろくにできないのに、英語以外のことばはすごく覚えにくいっていうのは偏見かなあ」

「地名はいいね」と夫は言った。

「見ているだけでそこまで飛んでいけるような気になる、時代も文化もすっと飛びこえていけるような、おれの行ってたそこは、空は青いし海は近いし、すごくいいとこだった、空を飛ぶところがたくさんあった」

そう言うと夫はまたずっと小声になって、

「あのね、近くにハンググライダー場もあったんだよ」

プレゼントの包みをあけてるみたいに夫は語りつづけた。

「切り立った崖だった、崖のむこうはまったく海だった、崖の突端まで歩いていって、のぞいてみた、すごくこわかった、あんまり切り立っているからくらくらして吐きそうになった、その崖からグライダーをかついだ人が、身投げしていくようにひょいひょいと落ちて、落ちては風に乗った、風に乗って浮きあがってきた。落ちる瞬間人は何を考えるか。

風のある午後には、明るい色のハンググライダーやパラグライダーがいくつも空中に浮かんでいた、みんな、いったんは落ちて、また浮きあがってきた人たちだった。それから、熱気球のあがる窪地もあった、海は西で、草原は東だ、夕方になると、色とりどりの熱気球があがった、西から東へ動いているはずだが、ちっとも動かないで空にはりついているように見えた、人も乗っているはずだが、それも見えないで、熱気球だけぽかりぽかりと空中に浮かんで見えた」

「軍の演習場があった、ひろびろとした、何もない、自然のままの土地だった、あんまり何もないから不気味だった、ああいう、権威によって取り仕切られている場所はやはり空気がちがった、敷地のまん中を一本の高速道路が走っていて、検問所があった、検問所の近くにくると「人間に注意」の標識があった、よくあるじゃないか、高速なんかに、シカやタヌキの絵がかいてあるやつ、ちょうどあんな感じで、シカやタヌキのかわりに人間の絵がかいてある、おれの記憶にまちがいがなければ、女が子どもを抱いて子どもの手をひいて髪を振り乱して走っている絵だった、そうやって道をわたって車にひかれる不法移民があそこにはたくさんいた、検問所があったからだ、そこで不法移民が取り締まられた。

高速道路の車の流れがそこでとどこおるのも、検問所に役人がいて、運転者の顔をいちいち見ようとしたからだ、不法移民らしき顔をしていれば、とめられて調べられた、不法移民というのは、そこでは、メキシコ人のような顔ということだ、不法移民なら強制送還された。

高速道路のその場所を通るたびに、その標識を見た、同時に、演習場を土煙をたてて走りまわる戦車を見たし、舞い降りてくるヘリコプターも見た、そして空は、ものすごく青かった。

あんまり青いから、空がおおいかぶさってくるような気がした、空を見上げると空の中に落ちていくような気がした、空を飛ぶにはもってこいのところだった」

わたしはそのころ新聞を読むのにはまっていた。何でこんなに新聞が読みたいのか自分でもわからなかった。何かさがしている記事でもあるみたいに、すみずみまで読んだ。コンピュータがあいていればインターネットに行っていろんな新聞のHPを読みあるいた。それでいつもつぐむくんにからかわれた。いつも同じことを同じようにからかうってところがしつこくていやなのだけど、じっさい、おかしいくらい新聞にはまっていたのは事実だから、笑って聞き流した。「血だよ」と夫が言った。「おまえは血なまぐさいのが好きだから」

夫は血まみれには興味がない(本人談)ので、無関心だった。

世界のどこかで起こったことも読むけれども、日本のどこかで起こったことの方がおもしろかった。たぶん、人を殺したり傷つけたりした人たちと同じことばで、血なまぐさくことができるからだ。

女の子が男につかまって何年も監禁されていた事件。

女の子が集団で飛び降り自殺をして一人だけ助かった事件。

主婦が近所の子どもを殺して新幹線に乗って実家に運んで庭に埋めた事件。

ストーカーが六千何百回か無言電話をした事件。

車が盗まれて中で眠っていた子どもが殺されて捨てられた事件。

新生児が産院から盗まれた事件。

警察の不祥事。検事と判事の不祥事。外交官の不祥事。

「やっぱ世直しとか地球を消滅させるとかしなくちゃだめなんじゃないですか？」

とつぐむくんが言った。

子どもが子どもに殺された事件。おとなが子どもに殺された事件。子どもたちが親たちに殺された事件。

八月に入って、「宝くじ」にはずれたことがだんだん現実になってきた。

抽選永住権は、Diversity Immigrant Visa Program という。

「Diversity、このことば、おれは気に入っている」と夫は言った。

Diversity。Diverse。Diversify。種種雑多。多様性。多様化する、いろんなものをごちゃごちゃと入れる、わざと。それでたとえば公立学校なんかで、ヨーロッパ系のアメリカ人ばかり多い学校に遠くの地域からアフリカ系のアメリカ人をバスで連れて来て入れたりする。

抽選永住権は、移民にもそういういろいろとりまぜた種種雑多な機会を均等に与えるという計画だ。

誰でも、高卒以上の学歴があれば申請できて、抽選であたれば、永住ビザが取れる。一人があたればその配偶者も、自動的に永住ビザをもらえる。全世界で毎年五万五千人があたる。日本人は一九九七年には四四八人あたった。一九九八年には三六七人あたった。その後は知らない。情報がない。競争率は二百から三百倍。

そんなものがあるというのさえ信じられなかったけれど、現実にあると夫が言うので、あるのだろう。

わたしたちはそれを便宜的に「宝くじ」と呼んだ。宝くじなら実家の父がよく買っていた。

夫はそれを申請したのである。書類を取り寄せて、書きこんで、写真をとって、夫のとわたしのと二人ぶん、ケンタッキーのなんとかというところに送った。

申請者の名前　たく　はるの(姓に下線)
生年月日と出生地
国籍　日本
配偶者その他　妻りか　はるの　生年月日と出生地

　　子たまら　はるの　生年月日と出生地
住所と電話番号
写真　37㎜×37㎜（裏に活字で名前　透明粘着テープではりつける）
本人の署名

申請者の名前　りか　はるの（姓に下線）
生年月日と出生地
国籍　日本
配偶者その他　夫たく　はるの　生年月日と出生地
　子たまら　はるの　生年月日と出生地
住所と電話番号
写真　37㎜×37㎜（裏に活字で名前　透明粘着テープではりつける）
本人の署名

応募してからの数ヶ月間というもの、夫はそのことしか話さなかったといってもおおげさではない。ごはんを食べながらして、ふとんに入るとして、道を歩きながらした。

あたったら、六ヶ月以内にアメリカ移住しなければいけない。それでアメリカに行ってどうするかこうするか、職のつても住む場所もあいまいだけど、とにかくアメリカに行く、片道きっぷで太平洋を渡る、どんな気持ちだろう、あの英語じゃない地名の町へもどろうか、ニューヨークやロサンジェルスなんかより風景もいいし風紀もいい、文化も穏やかだ、人はゆったりと英語をしゃべる、目が合えば必ずほほえむ、いいかもしれない、おれはしゃかりきになって働く、おまえも日本食屋かなんかでしゃかりきになって働く、永住ビザがあれば、大手をふって働ける、たまらも英語を覚える、子どもは早い、あっという間だ、そのうちに何を言ってるのか耳をすませなければ聞き取れなくなるのだ、耳をすませても聞き取れなくなるかもしれない、おれたちのこの日本語なまりは一生なくならないだろうが、たまらはちがう、あっという間に生まれついてのアメリカ人のような英語をしゃべり出すだろう、それもまた、ありかもしれない、休みの日には海辺を歩き、砂漠にも行こう、ハンググライダーをかついで空を飛ぼう、どんな気持ちだろう。

　申請したのは十二月だった。四月から七月の間に結果がわかるという話だった。実家の父も、宝くじを買ったらぱんぱんと拝んで神棚に置いて、楽しみにして、やがてはずれて、なにごともなく日常生活をつづけていくのをしょっちゅう見ていたから、今度もたぶんそういう結果に終わるだろうと思っていた。抽選日に新聞を見ていた父があーあとつぶやいて、立ちあがって、神棚から宝くじを取りおろすだけだ。その声が、父の声じゃなく、夫の声でつぶやかれるだけだ。

七月が過ぎていった。梅雨がうやむやのうちに明けた。アメリカからは何も来なかった。八月に入っても、何も来なかった。今年は北海道と東北が記録的に暑いといわれた。でもあとの地方は、平年なみだった。九州のこの町も平年なみ、結果として、北海道の記録的な猛暑と同じくらいの暑さがつづいた。どっちにしても暑くてうだるのはしかたがないことだった。たまらは夏でも保育園に通った。熱心に拾いあつめてくるせみのぬけがらが山のようにたまった。首すじがあせもだらけになってしまって、思い切って髪を切った。塾の授業は昼間になった。かき入れどきだった。教室は汗臭くなった。電気代がぐんとあがった。

夏が過ぎていった。

いつまでも暑かった。わたしはつるつるすすれる冷たいそうめんばかり作った。

夫の元気がなくなったのはそうめんだけのせいではなかった。起きてから寝るまで沈みこんでいた。運転中の人のように、遠くばかり見て暮らした。子どもたちともしゃべるのがおっくうらしかった。そうめんをすするのも、意欲のこもってない機械みたいに見えた。

「ビザを取ってアメリカに行けばいいのよ」とそうめんをすすりながらわたしは言った。

「いっそのこと、あり金かきあつめて、塾もたたんで、ねえ、行っちゃわない？最初は旅行者として入って、だんだんなんか落ちつく手がかりがつかめるものなんじゃないの」

「そういうもんじゃないんだ、おまえはわかってないんだよ、すごくいやらしいんだ、英語で言ったらほんとに mean なんだ、おれはもう二度とアメリカの地を踏めない、不法滞在の記録がコンピュータにのっている、どんなビザを申請したって取れるはずがない、不法滞在をした者は移民の意志があるとみなされるからどうしたって取れるはずがない、正面からアメリカに入るのはむりだ、入ろうと思えば、あと取れる手段はひとつしかない、亡命だ」

また数日してそうめんを食べているときに夫が言い出した。

「亡命はおおごとだぜ、あとに迷惑がかかる、だけどここは現代の日本だし、行く先はアメリカだ、まさか親類縁者が辛い目にあうなんてことはないと思う、おれたちが日本にいたという事実を一切合切抹消されるなんてことにもならないと思う、秘密警察から命をねらわれるなんてこともないと思う、しばらく永橋には（わたしの実家）行けないかもしれないけど」

しょうがとみょうがとしそがあったらよかったなとわたしは考えていた。でも夫が薬味類を食べないから、いつも買いわすれてしまうのだなと。

「亡命者は特別扱いになるんだよ、不法移民とはわけがちがう、政府の施設に収容されて、いろんな尋問をされる、新聞ネタや週刊誌ネタになることはあっても、社会的生命までたたれてしまうようなことはあり得ないだろう、数年すれば、ほとぼりがさめて、人に会いに日本を訪れることはできるようになる」

なんだか一時的に自殺をしてみるような亡命なんだなとわたしは考えた。あるいは亡命というものが、一度死んで、再生するようなそういうものなんだなと。

上の空で聞いていたようだった。はっとわれに返って「亡命って」とわたしは言いかけた。別に言いたいこともなかったけど、何か言わなくては話についていけなくなってしまうと思って合いの手のように。そのとき夫がとつぜん、

「たまら、水芸かい、滝の白糸だね」

たまらはずっとおとなしくそうめんを手づかみで食べていたけれども、今やからだ中にそうめんがからみついていて、それを「水芸かい」なんて言うからおかしくって、いとしいと思ったのかもしれなくって、涙が出るほどわたしは笑った。夫も笑って、たまらも笑って、わたしたちはたまらのからだからそうめんをはがしとろうとしたけれど、つまむそばからのびたそうめんはぶつぶつにちぎれて、生ぬるく、べとついてわたしは、自殺と亡命について考えるのを忘れた。

インターネットでさがすったって何をどうさがせばいいんだろうと言いながら、夫がせわしなくクリックしつづけていた。

『亡命者の系譜』という本を読んだ。元の社会主義国の人々が、旧体制のおりに西側へ亡命してそのあとどうやって暮らしたかという本だ。

『KGB』という本も『わが名はスパイ』という本も読んだ。

『難民と出稼ぎ』という本も読んだ。

『屋根の上のバイリンガル』という本も読んだ。

「案外、行く手はきびしいぞ」と夫はつぶやいた。「亡命者の作家たちは飲んでくだをまく場所やサモワールでお茶を飲む台所がなくなっただけで失語症のようになって書けなくなっている」

「ナボコフでさえなまりがすごかったらしいよ、まわりのことばに触れないようにしてロシア語を守っていた一時期があったんだ」と夫はつぶやいた。

「なら日本語や日本文化なんて捨てちゃえばいいんだ、ね、おかあさん」

「むかし休学してアメリカに行ったろ」と、いつかバスの中で夫が語った。

「あのときに不法滞在をした。

飛行機の中で書き込めばいい九十日の観光ビザで入った。その期限が切れたあと、ほんの数ヶ月だ。みんなやっていた。みんなやってるからといってやっていいものではない、というかんたんなことを知らなかった。メキシコ人の多い地域だった。毎日のように、不法滞在者が摘発されておんぼろバスで強制送還されていくのを見ていた。ああいう連中とおれとは、ちがうと思って見ていた。

ちがわないのだ。

ちがうわけがなかったのだ。

強制送還は removal という。取り除く、という意味だ。to get rid of だ。

（to get rid ofは、夫から教わった慣用句のひとつだ。「「とげ抜き」のようなものだ」と夫は言った。それ以来、ときどき、取り除くと言いたいとき、ふと、英語で言ったらto get rid ofだと考える。そしてそれは「とげ抜き」という意味だと考える。「とげ抜き」なんて、水子供養、商売繁盛などとならべて、お地蔵様の効能に使う以外使いようがないことばだと思ったが、日常生活で抜きたいとげは案外と多くて、わたしはしょっちゅうこのことばを考える）

to get rid ofすることがあるなら、to get rid ofされることもある。

当時はパソコンを持ってなかったから、コンピュータの力を過小評価して、あんなものワープロのこみいったやつだろう、つかまらなければわからないだろう、程度の意識しか持ちあわせてなかった。

とにかくそういうわけで、数ヶ月間、不法に滞在した。何もかわりはなかった。キスをひとつ男とした。それだけだった。女の子からは断られた。あそこでは、女ははっきりものを言いすぎる。おまえみたいなとっつきの悪い人見知りするタイプの女はひとりもいなかった。出会った女はどいつもこいつもいやな感じだったが、彼女たちの歩き方は、おれは好きだった。

個人的にかかわりあいにならずに眺めているぶんには、あの女たちの歩き方は前向きでいさぎよくて、風っとおしのいい青空のようだった。あんな青空の下で女になってあんな脚を持ってああいう歩き方をしてみたいと思った。

帰ってきて、居場所がなくて、またすぐアメリカに舞い戻ろうとした。まだおまえがこっちに戻ってくる前だ。飛行機の中で、いつもの、九十日の観光ビザの用紙に必要事項を書き込んだ。

入国管理のところで、わきの事務所にひっぱっていかれて、犯罪者みたいに質問されて、制服を着た役人に言われた。

「入れることはできないから即刻立ち去れ」

何が起こったかよくわからないまま、いろんな質問をされた。

「前のパスポートは持っているか」

持っているわけがないのだ。ふつう更新したら古いパスポートは持って歩かないものなのだ。

「前のパスポートのナンバーは覚えているか」

ふつう覚えていないものだ。今持っているパスポートのナンバーですら覚えていない。

「覚えてるなんてめったにないんじゃないですか?(疑問形)」と言いかえしたら、

「おまえが質問をすることではない、われわれが質問をしておまえは答えるだけである」

無法者は今この場でつるしてやりたいぞ、おれにはその権限だってあるんだぞという勢いで、その太った役人はおれに言った。

思わず、おれは犯罪者だったのかと後ろめたくなった。そういわれれば、一つや二つは思い当たるものがあった(……学生時代の万引き・たばこの投げ捨て・放置自転車に乗って帰ってどきどきしながら乗り捨てたこと)。

「即刻立ち去れ、入国は許可できない」と役人は言った。また不法滞在するつもりで一年オープンの航空券を買っていたから、さいわいだった。その日は空港内にある不法滞在者の施設に連れていかれた。囚人みたいな服を支給されて、窓のない建物で犯罪者のように寝て起きた。

つぎの日も二人がかりで監視されながら、飛行機に直行した。その飛行機に向かう車の中で、役人に「これからもビザを持たずに入ろうとすれば、同じ目にあうだろう」と言われた。

「もう飛行機の中で申請できるビザウエイバーはまったく役立たない。しかし大使館に行って観光ビザを申請しても、それが取れるかどうかは保証できない」とも言われた。

「コンピュータは天網恢々だから、この不法滞在の記録はすべての国のコンピュータに行き渡って、以後きみは、どこへ行くのもビザを申請しなければだめなんじゃないの」と帰国した後経験を話した大学の教官に言われた。聞いたとたんに、「天網恢々」の意味が、骨身にしみてひしひしとわかった。それは、web の net のことだったのだ。調査研究で外国を飛びまわっていた教官だった。知っている人が言うのだからほんとうだろう。そしてそれ以来、日本人としての権利を守って日本に住みつづけている。おれは日本人だ。国籍があるっていうことは、少なくともこの国には滞在できる、ということだ。日本国からは守られているということだ、たとえ世間が鬼ばかりでも。そして鬼とはいわないまでも、気候風土もそっくり同じ、湿気が多くて、暑さは何もかもうちのめす、雑草もはびこる、虫もはびこる、息もできないくらいである。葛の蔓が、わずかなすきまも覆いつくして繁茂している。」

飛翔塾には、何人か、何もできない子たちが補習に来ていた。親がせめてもという気持ちで送りこんでくる。中学の先生たちも気がつかないわけはない。ローマ字もろくに読めない子たちなのだ。それが仮定形だの過去完了だのをやったって、わかるわけがないのである。普通のクラスに入れたら、すわっているだけである。居眠りもしないで、何もしないで、しゃべりもしないで、ただすわってている。うちの塾は破格の少人数制でやっているのだが、どんなに少人数の中でも、他の子たちといっしょにやっていける学力じゃない。だから、一対一で教えた。そういう子が何人もいた。

夫は普通のクラスで手一杯だったから、わたしが担当した。小学校の二年ぐらいからやり直した方がいいんじゃないかと思うような学力だった。カタカナは読める、その程度の学力である。

教えても教えても、わからないのだった。教えてもわからないときは、子どもが悪いんじゃない、おれたちの教え方が悪い、と夫はいつも言うけれど、例外もあると言い返したくなるわからなさだった。

人間に対面しているという気がしなかった。どんな冗談を言っても、いっしょに笑って身を乗り出してということがなかった。こっちの言っていることがよくわかってないようだった。日本語は、生まれているときから使っている人のアクセントだった。ときどき、ですますで答えた。でも、ほんとうに話せるのかといえば、わからない。話をつっこむと、押し黙った。漢字も読めないし、足し算も引き算もできなかった。

できないのか、しないのかがわからなかった。

「しっかりしてよ」

ノートをみつめているだけの子どもに、何度も言いそうになるのである。

「だまってちゃわからないよ」

実際、わたしは何度も言ってみた。ちょっとできただけでほめてみたし、何も気にしてないように声を明るくふくらましたりもした。それでも変化はないのだった。ご、つい、聞いてしまう、

「わかったの、わからないの」

聞くな、そんなこと、相手がわかってるかわからないかはこっちが判断すりゃいいんだ、と夫に言われた。でも聞いてしまったあとで、わたしは、かれらにはわかったかわかってないかもわかってないんじゃないかと思えた。わからないことが多すぎて、そこらへんにうずまいて、山積みになって、その中に呑みこまれて深みにすうっと落ちていくような気がするのではないか。落ちていく速度があまり速くて、かえってやめられなくなっているのではないか。

そしてわたしは、無力感でくたくたになる。

この子たちは、昼間行ってる学校でもこうやってだまってすわっているのだろう。

今までずっとそうやってきたのだろう。はるばると悠久な時間だ。どうやってこの子たちはこの先の長い時間を生きるだろう。

塾の子が、電車の線路に石を置いた。中学生がやったという証言があって、中学校の先生たちが躍起になって調べあげていったら、犯人がみつかった。複数で、その子どもたちの共通点はうちの塾だった。

ぷらぷら塾へ向かう途中でやったらしい。その時間はもうかなり暗くなっていて、だから人目につかなかった。ひとつ間違えれば、大惨事になるところだった。

夫は中学校に行って、ものすごく機嫌を悪くして帰ってきた。

「塾の講師なんてものはプータローの若造ぐらいに思って態度がでかいんだ、ああいう背広着てるような教師根性丸出しの連中は、人を管理することばかり考えて生きてやがるんだ」

夫が教唆したわけではないのはすぐあきらかになったが、塾の雰囲気がよくないと中学の先生たちに批判されたらしい。

「おれの勝手だ、おれの塾で何を教えようと」

中学の職員室で夫の取った態度は、見なくてもわかった。

「人にうだうだ言われるようなことはおれは絶対してないから」

外見から言えば、夫はやっぱり、公立の中学の先生たちに比べたらあきらかに見劣りがする、学生っぽい、貧弱な男にすぎなかった。職員室に入っていくときの、へこへこするお辞儀も想像できた。子どもたちに対する話し方だって権威性がなかった。むしろ権威性なんか持たずに教えようとしているし、それに慣れた子どもたちも、中学の先生たちの前で、いつものようにざっくばらんに夫に話しかけてしまったのだろう。「こんな教え方でおやりになってたら先生」なんて慇懃無礼に先生づけされて、切れた夫は大あばれ……なんてことは絶対できない。できればいいけど、できないのだ。意見だけはいつだったか保護者に食ってかかったような口ぶりで述べたてたはずだけど、そんなもの、強力接着剤でこちこちに固まってるような中学の先生たちには、痛くもかゆくもなかったわけだ。

事件にかかわった子どもたちは、塾をやめていったものもいたし、やめなかったのもいた。

「どうなるか結果ぐらいわかるんじゃないの、おまえたち、想像力がないよな、年のわりに」と、残った子どもたちに夫が言ってるのを聞いた。ぼそぼそと子どもが言い返したが、わたしには聞き取れなかった。男の子たちの声はひどく低くて内にこもった。

首謀者はふつうの子だった。うちの塾に来る子の中では成績はむしろいい方で、特別無謀でも乱暴でもない。ほんとにふつうの子だった。事務室に飛び込んできて、「りか先生、げろげろげっしゃー」なんて大声で言って、わたしに月謝袋を渡すような。

事件の後も、その子はけろりとして塾に来つづけた。石を置いたとき、電車が来たとき、電車が石の手前で停止したときには、彼は興奮したはずだ。で、彼はけろりとして家に帰った。なにか機会があって、血なまぐさいことをすることになっても、きっとけろりとして家に帰るんだろうなとわたしは考えた。

「いやだぜこの塾で乱射したりしたら」と夫が向こうの部屋で言っていた。子どもは笑い声をたてて、なにか言った。

「血がこわいんだよ、鼻血だって痔だってこわいよ」

きゃはははは、と子どもが笑った。子どもが何人も声を合わせて笑った。

「そんなことはない、だめなんだよ」と夫が自転車を家のわきから引き出しながら、ぶつぶつ言ってるのが聞こえた。

「なに」というと、「なんでもない」と下を向いた。なにかぶつぶつ英語で唱えているのも聞いた。呪文かもしれないと思った。亡命するための。

日曜日の夜に、ごはんを食べながら、

「すげーやだ、すげーやだ」と夫がつぶやくのを聞いた。

その日のおかずはデパートの地下で買ってきた。和洋折衷というよりもっと無国籍の、帰属する場所のない、得体のしれないものだった。味がたらんと言って夫がしょうゆをかけた。その得体のしれないものの上に。

それからテレビを、夫もわたしも、子どものときから日曜日の夜にはかならず見ているアニメを、みんなで見た。アニメの中はすっかり冬景色だった。絵に描いたような冬景色。雪があたりまえのように降って。

「どこかすごく北の方でも行かなくちゃこんな冬景色あるわけないじゃん、暖冬なのにね」と言ったら、夫が言った。

「もう来週から塾なんかやめちまおうかしら、ねえ、やめちゃったら、おかあさん、どうする?」

「先週の末に中村さん(保護者のひとり)が文句を言ってきた、あれをなんとかしなくちゃいけない、上野さん(保護者のひとり)もなんか言ってきた、あれをなんとかしなくちゃいけない、上野さんも緒方さん(保護者のひとり)もおれのことを無能でどうしようもない人間だと思っていやがる、そうだよ、おれはどうしようもない落ちこぼれの欠陥人間だよ、とおれは言っちゃいたいよ」

夫は悲しんでいた。せっぱつまっていた。苦しがってもいた。わたしにはわからなかった。何をそんなに悲しがり苦しがることがあるのか。

わたしは、夫さえいればいいのである。世の中はどうにでもなるような気がする。とんがらなくてもなんとかなる。ごはんを作って食べて、たまらを寝かしつけて一日が終わる。眠る子はかわいい。ふとんはぬくい。わたしは、それでいいと思う。

でも夫は、そうは思わない。わたしとたまらがいても何にも救われない部分がある。それは何だ。あっちでぶつかり、こっちでぶつかり、ぶつかるたびに夫の皮膚の上に傷がぱっくりあいてすごく痛そう。それはあとからあとからふえてとどまるところを知らない。

月曜日、

「とうとうケンカしちゃった」と帰ってくるなり夫が言った。

「上野さん、ぜったいやめるな。あんまりひどいから、とうとう怒鳴りつけちゃった」

火曜日になって、事務室の片隅で、

「先生が切れちゃなんにもならないんじゃないですかって上野くんのおかあさんが言ってましたけど、ほら先生マジで怒ると青筋たっちゃってものすごい抑えてるつもりだけどすげー顔に出ちゃってそんな感じ、あんな先生に教わっていたら切れる子になってしまうじゃないですかって上野さんが自分だってぶち切れてるくせにね」とくんくん言いながらつぐむくんがわたしに報告した。

やっぱり信心がなくちゃ家庭なんて存続していかないのだ。夫は明るい光をはなってわたしたちを照らし、わたしたちに語りつづけた。いくら聞いても聞きあきなかった。精液とかオーガズムしか受けつけるすきもないくらい、わたしは信心していたのである。

その夜も夫はセックスをしたがったが、わたしがぐずぐずしているうちに、たまらが泣き出した。たまらに添い寝していたら夫は寝てしまった。

寝てしまったと思ったが、じつは起きていてあとでオナニーしたかもしれない。そういうことも前にあった。悪いなと思うけれども、セックスがめんどくさい。夫の手に性的にさわられたり、あえぎ声を出したり、コンドームをかぶせるのを待ってたりするのは、バカみたいにぽっかりした時間、バカみたいな行為に思えた。

個体と個体が親密になりすぎるとセックスはできなくなるというのをこないだ読んだ。これかと思ってどきっとした。

セックスを拒むと、夫は不機嫌にはなるが無理強いはしない。こっちも気の毒になって、ついずるずるとするはめになった。早く射精させてしまうための工夫もした。ちょっとの間の我慢と思ってしていたけど、それも耐えがたくなってきた。

こんなことでいいわけがない。夫も、ずっと欲求不満のままでいられない。この間、死ぬまでにしなくちゃいけないセックスの数をおおざっぱに数えてみた。月に二回としても、年に二十四回、あと三十年と計算したって七百二十回。

絶対おかしい。あと三十年ということはない。

夫が百までわたしは九十九までいっしょにいるつもりなのである。しかしそれまで何年あるのか、どうしてもわたしには計算できない。「あと三十年以上」、ほんとはそれどころじゃないのに、わたしはおおざっぱに言いきってしまいたかった。「あと三十年以上」で「七百二十回」のセックス。それはけっして夫の満足できる数ではない。でもわたしにはぞっとするほど遠大な数に思えた。セックスをするしないで不穏になる会話の数も考えてみた。ほんとにぞっとした。

たまらを産んで産院にいたとき、夫が見舞いに来るのがすごく恋しかった。せめて顔を洗って髪をとかして、待ちわびていたものだ。バカみたいだがほんとうだ。産褥の女なんて妊婦と変わらなかった。おなかは大きかったし、月経中みたいな血は出てたし、それでも恋する気持ちはかわらずあるんだなと思いながら、待ちわびた。

たまらを抱いて家に帰って、わたしは、すーっと何の抵抗もなく、絶望していったような気がする。

たまらにお乳をやって、たまらに食べさせる。買い物に行く。ごはんを作る。食べて寝る。洗濯をして掃除をしてゴミを分別する。それから塾に行って働く。

絶望と言ったけれども、切望のまちがいかもしれない。絶望するようなものは何も身のまわりになかった。夫のことならいつでも愛していた。夫への気持ちは四六時中変わらなかった。かけがえのないものがわたしにあるとすれば、それは夫だ。

たまらはいとしい。でも夫さえいれば、子どもは産める。受胎するためのセックスなら引き受けよう。でも、ただのセックス行為の陳腐さといったらないのだ。

たとえば、亡命の計画を夫がわたしに語るように、セックスができればいい。二人でたまらをお風呂に入れるように、あるいは、ねえおかあさんおしょうゆとって、って夫が言うときみたいな日々のまま、その関係のまま、セックスをはじめてセックスを終わらせられればいい。

「おまえだけならビザを取って留学すればいいじゃないか、妻にまで累がおよびはしないよ、きちんと受け入れ先をみつけて申請すれば留学生ビザなら取れるだろう、おまえがたまらをつれて行けばいいんだ、おれは待ってるよ、おれは行かれない」と夫が言った。

「あ、むかし歌った、そんなの、こう、みんなで手をつないで、行かれない、行かれないって」

行かれない、行かれない……とつぶやいているうちに思い出した。「となりのおばさん、ちょっと来ておくれ」っていうのだ。

「おにーがいるから行かれない、おかーまかぶってちょっと来ておくれ、おかーまそこぬけ行かれない」

「歌った、歌った、あれを歌うとおれはいつも、そこのお宮の暗い路地を思い出すんだよね、七五三の、ねちょーっとして、へんにすかすかのあの飴も。

学生の時にお宮の中を自転車で抜けて家庭教師しに通ったけど、お宮の裏に出ると、道角のなんにもないとこに寂しい笠の電灯がぽつんとひとつ立っててね、電灯の後ろはお宮の森が黒ぐろとしていて、風が吹くと木の葉が揺れて、行かれない行かれないっていつもだれかが泣いてる声が聞こえるようなふんいきだった」

「行かれない、じゃなくて、通りゃんせって歌じゃないの」

「両方がごっちゃになってたんだ」

「えーんがちょ、いっちょうめ、てんじんさまは、にちょうめ、さんどえんきり、どっちらけ」

子どものころさんざん歌った歌を歌うと、声まであのころみたいにかん高くなった。

「おれのとこはこんなだった、えーんがちょ、えんがわで、えんこして、えんまさま、えっち」と夫が歌った。

「えんがちょかあ」

夫が言って、ひとつためいきをついた。

「Deportation が国外追放、Expulsion が国外退去、Removal が強制送還、えんがちょきったと宣言すれば、えんがちょはそれっきり触れてくることはなかった、摘発された不法滞在者がバスに乗せられて一路南へ向かうのをおれは毎日見てたんだ」

それからしばらく夫は、沢井さん(保護者、生徒も気にいらない)の悪口ばっかり言っていた。それからつぐむくんの悪口が増えてきた。夫は、まるで憎んでるみたいに、沢井さん親子とつぐむくんの話をした。

もうこのごろは誰もいないのかもしれない。ほんとはいるけど、わたしたちのまわりにいないだけか、ほんとにどこにもだれもいないのか、よくわからない。春休み前に、つぐむくんもやめてしまった。しつこくて苦手だったけど、やめますと言ってきたときには、行く末をほんとうに心配した。よそでもちゃんとやっていけるだろうか。人に嫌われたりしないだろうか。でもやめてしまって顔を見なくなり、くんくん言うのも聞こえなくなると、彼の身の上のことは考えなくなる。ひとつ、to get rid of したような、とげが抜けたような気分である。長い間いっしょだったのに。

保育園にたまらを迎えにいく。ほら、たまらちゃん、お母さんよって先生が言う。みんな、どの先生もそう言う。だからそれはほんとなのだろうと思うのだ。夫は送っていくことはあってもお迎えにはいけないから、ほら、たまらちゃん、お父さんよと言われることがなくって可哀想だと、こないだわたしは自転車にたまらを乗せて帰りながらふと思った。

今、塾にいるのは、くのさんとあずまくんで、くのさんはよその塾でも教えている。

「馬車馬みたいに働いているんですよ」と自分でも言った。「どうしてそんなにバイトするの」と聞いたが、くのさんは答えられない。「お金」っていうけどわたしはちがうと思う。くのさんは教えるのも熱心だし、何を頼んでもちゃんとやってくれる。でもくのさんは、未来に大爆発も大団円も期待していないような目をして働いている。立つときも、背骨が体重を支えられないように、ぐにゃりと立つ。それを見てると悲しくなる。くのさんは、つぐむくんのようにずるずる残ってしゃべっていないで、どんどん次のバイト先へ行ってしまう。そしてあずまくんには、先生としての適性があんまりない。

子どもたちがさわぎたてて、騒音に声が吸いとられていって、その中で声をからして、夫が、

「いいかーいっかいしかいわないからーよくきいとけー、えーはー in だ。びーは to だ。しーはー from だ」

などと叫んでいる間にも、夫の頭の中にはしみじみと亡命へのあこがれが積もり積もっていったのかと思うといじらしくて、せめてわたしは、夫のことをもっともっと信心してあげたいと思うのだ。

あこがれとはobsessionというのか。obsessionというのは、もっと激しい、取り除きがたい、「妄執」とか「執念」とか、そういう感じだと思う。ならば夫のはまさにそれだ。取りつかれているような気がする。どうかしてto get rid ofできればいいのにと思うこともあるが、それができるとはまったく思っていない。

子どものころ祖母に連れられて、とげ抜き地蔵に行った。よだれかけをした、ただの石のかたまりだった。目も鼻もなくなって、つるつるでぴかぴかだった。みんなが撫でるから、と祖母が言いながらそれを撫でた。子ども心におそれを感じた。人びとの執念に。石をつるつるにすり減らしてまで。心をこめて。あこがれて。とげはささったまま、そんな思いに焦がれてすり減ってしまったのはわたしの方、と思うときがある。

わたしはなんかの装置みたいになってしまって、スイッチをおされるのを待ってるようだと思うときもある。

たいてい夕方だ。自分が他のことで忙しくしているときだ。自分の焦げ臭くなってる思いのことなんて考えるひまがない。なにかに追われるようにあくせくして、どれもこれもつまらない些事である。石の地蔵を撫でた何千何万の手みたいに。たまらを迎えに行って、帰りに買い物をしながら帰った。

補助いすにたまらを乗せて、自転車のかごは保育園のかばんや着替えで満杯で、ハンドルの両側にスーパーの袋をぶらさげて、われながらおかしくなる姿だったけど。

このごろはすっかり春らしくなってぬくぬくとしてきて、夕暮れはほんとに穏やかだ。おとうふやの笛が聞こえた。たまらが歓声をあげた。懐古趣味のおとうふやさんが、笛を鳴らしながらおとうふを売りにくるのだ。

電信柱が夕空にクッキリしていた。その電信柱のところに、わたしである装置を想像して置き換えてみた。雑に組み立てた装置だ。その証拠に、ところどころ塗装がはげて、鋼鉄製の一部が見えていた。春の夕空に電信柱がクッキリ。おとうふやの笛がぴー。自転車をこぎながら涙が出た。

金曜日の夕方に、家を出た。

最初の交差点で信号待ちをしているとき、むこうで自転車のだれかが手をふってさかんに合図しているのを見た。夫は信号を渡って車を路肩に寄せて停車した。あとから自転車がしゃーっと追いかけてきた。

「先生」

まだ飛翔塾が英語塾だったころに来ていたとしやくんだった。

「今から予備校行くとこなんです、ぼく来年日本で受験しないでアメリカの大学受けようと思ってるんです、わかんないけど、で、トッフルの点をもう少しあげたい」

それで予備校でトッフルの特別講座を取ってるんだと、としやくんは言った。としやくんだった。いっしょにスタンリーと香港のことに熱中したのは。

「ぼく先生の塾すきだった、学校も、予備校も、先生のとこみたいなおもしろいこと、ぜんぜんないですよ」

照れながら言って、としやくんはしゃーっと去っていき、

「向こうで会おうねって言いそうになった」と夫が言った。そして発進した。

桜が散っていた。九州道を北上して、菊水、南関、八女、久留米、鳥栖で道はいくつにも分かれるけど、そのまま北へ、古賀、若宮と八幡をすぎて、新門司、門司港、潮の流れをみおろしながら関門橋を渡って、下関で高速を降りた。あちこちに桜が咲いていた。その日はそこで泊まることにした。

朝早くホテルを出て、中国道は山の中をずっと通っていった。六日市、ほくぼう、くせ、いんのしょう、みまさか、さよう、へんな地名へんな地名と言いながら、神戸三田に車は着いた。

桜が咲いていた。山桜は木々のうしろの影みたいだったし、園芸種の桜は雲みたいに白くて目を引いた。

高速を降りるともう夕暮れだった。一日中車の中にいた。「疲れた」ときくと、「永遠に運転しててもいいよ」と答えた。そこのふつうのビジネスホテルに泊まった。ノアミレスに入って、夫はステーキ御膳、わたしは海鮮スパゲティ。ちゅるちゅるちゅるちゅるとはやしながらたまらに食べさせた。よく食べた。

「ここは二十四時間やってるから明日の朝も来ようよ」と夫が言った。「今朝のハンバーガーはやっぱりもたれた」

「やっぱ楽よね」とわたしも言った。「たまらがさわいでも気にならないし」

それからまた中国道に戻って、中国池田、中国豊中、中国吹田、なんか中国のどこかを走ってるみたい、今にも万里の長城がその辺の竹藪の間からぬっと出てきそうな気配がする、と言いながら、京都、大津、桜が多い。桜が多い。彦根、米原、このへんいちど来てみたかった、千六百年関ヶ原の戦い、大垣で夢はどこをどうやってかけめぐるのか、あんがい普通のところなんだね、普通じゃないところなんてどこにあるの、なんて言いながら、小牧、小牧東、土岐、恵那、もうほんとに山の中を通った。ずうっと山の中。

中津川、松川、駒ヶ根、伊那、雪のかぶった山々を見て、小淵沢、長坂、一宮御坂をこえて、勝沼、大月、相模湖東出口、そして八王子に車はついた。

ファミレスに入って、ブラジル風カレーとタイ風カレーを食べた。たまらにはお子さまチキンナゲットを食べさせた。ビジネスホテルに入って、たまらを寝かせて、わたしたちはセックスをした。それが、最初にわたしが言ったあのセックスだ。

朝早くホテルを出て、横田に向かった。米軍横田基地と標示があるところを通過した。そうして横田に車がついた。遠くに連山の見えるだだっ広い平野のはじっこだった。

三泊四日の道のりを、飛ばして、飛ばして、着いてしまった。

行楽気分だった。

瞬間瞬間にもいろんな事件が起こっていた。

その週に入ってから、めまぐるしくいろんな事件が起こっていた。わたしは新聞を読まずにいられなかった。

タクシーの運転手が殺されてお金をとられた。

駅前の駐輪場の自転車の中で女の子が殺された。

町内で犬が八匹も死んでみつかった。

日本海側にチョコパイが七万個流れ着いた。

日本海側にカセットボンベが千百個流れ着いた。

家を出てからも新聞を買いつづけた。朝ホテルを出る前に買って、夕方にコンビニに立ち寄って新聞を買った。読まずにいられなかった。読んで、運転しつづける夫に語ってきかせずにはいられなかった。

そして桜の咲くところをつぎつぎに行きすぎた。

パトカーに追いかけられた車が事故を起こして炎上した。一人死亡二人重体。

八十三歳の男が妻を連れて高速を逆走した。

もうひとりの八十三歳の男がもうひとりの妻を連れて、もうひとつの高速を逆走した。

あいまあいまに歌を歌った。たまらのために歌を歌った。

さくらのはなに、さくらがあいたられんげのはなに。

わんりろ、とぅーりろ、の歌は夫が歌った。「すりーりろ、いんでぃあんず、そうだ、おい、これは」と夫が言った。

「思わず歌っちゃったけど、ネイティブアメリカンが虐殺されたときにはやった歌なんだってきいたことがある、こんな歌をたまらにおぼえさしちゃいけないなあ」

とぅいんくる、とぅぃんくる、りろ、すたー。

いっちびっち、すぱいだー。

あーいあーい。

わっにの、おとうさん、おっくちを、あっけってええええええ。

たまらがきゃーっと笑い声を立てた。

「たまらはどんな人生を送るんだろう」と前を見つめたまま夫が言った。

「アメリカの女みたいに前を向いて大股で歩くようになるのかな、それはそれでいいかもしれない」

桜は咲いて、事件はつづいた。

バスが高校生に乗っ取られた。

ひき逃げした人が、発覚をおそれて車を地中に埋めた。

親が子どもを殺した。これは毎日どこかで起こっていた。親は子どもが死ぬと、とりあえずかばんに入れておくようであった。たとえばスポーツバッグのようなもの。

「たまらなら入るよね」とわたしが言った。

トキの子が産まれた。

どうでもいい。

チンパンジーが死んだ。

どうでもいいような。

I love youというウイルスが世界的に発生した。あっちこっちでコンピュータが立ち往生した。置いてきた夫のコンピュータにもウイルスは入りこんでいるかもしれない。もう何もかも元通りにはならないのかもしれない。どんなふうにコンピュータがむしばまれるのか。全身がぼろぼろになって爆弾アイコンが出るのか。泣き顔のマックが出るのか。そしたら万事休すである。

「I love you」とわたしは言った。夫に。Lの発音がわれながらうまくできたと思った。

「ばーか」と夫が歌うように言った。

基地のまわりにも桜は咲いていた。ふつうの桜とはちょっとちがう桜も見つけた。花の色が濃い桜。枝振りも散り方も少しちがう桜。桜は桜だったけど。

ふっと寂しくなる。桜の花を見ていると寂しくなる。見ているうちに花の中に閉じこめられるような。閉じこめられたとこだけぽかんと真空になっていくような。たまらのむちむちしたお手々にさわっても、いつもなら感じる現実味がちっとも感じられないような。たまらなんかどこにも存在していないような。車に乗っていることさえほんとでないような。どこにもつながっていないような。大声を出してみればいいのかなと思う。それで夫を見る。夫は運転している。前の方をみつめている。フロントガラスに花びらがふりしきる。夫のことは気が狂うくらい愛している。そう思うと、叫びだしたくなった気持ちがおさまる。

いつまでもつづくような基地の塀だった。この先は基地につき立入禁止、と表示があった。白地に赤の大きな立入禁止だった。立入禁止の向こうには満開の桜、基地の塀にも、基地の上にも、低空を立ちこめる霞か雲のように、桜がおおいかぶさっていた。

「立入禁止」とわたしが声に出して読んだ。

「立入禁止」と夫も読んだ。「呪いみたいに聞こえる」

呪いがかかっているから、中には入れない。呪いがかかっているから、花は咲く。あんなに満開に。

中に属している人なら中に入れるが、わたしたちは属していない。塀に桜に触るや、わたしたちは百年の眠りにおちるか、桜の花に埋まって窒息するかだ。しゅうっと肉体は消えて霊魂は中空をさまようのだ。日本のことばと日本のパスポートが残るのであろう。むなしく、そこに。

ここまで来たのにわたしたちは、塀からはじき返されて窒息させられそうな気配である。塀も桜も、そこにそそりたって、わたしたちの存在すら目に入らないのである。中に入れる入れないの問題ではないのである。

「でも一ヶ所だけ通り抜けられるところがある」と夫がささやいた。「ちょっと通してくだしゃんせで通り抜けてしまえばいい」

「行くぞ、突入するんだ」

路肩に停めた車からいったん降りて、わたしはたまらを抱き取った。カーシートじゃなくて腕の中に抱いていようと思った。

「むかしやりよったろ」と夫の後ろの席にすわって、わたしは言った。なんだか、いつもは使わない方言が入った。なだらかななだらかなことばだった。

「マスクばしてかえんびんば持ってメットばかぶってわれわれはーとつにゅうするぞーなんてやりよったろ」

「ばかいえ、時代がちがうよ、おれはそれをテレビでみてたんだよ」

「テレビでがくしゅうしよったとね」

なだらかにことばが出て宙に消えた。方言を使ったら声の質まで変わった。

「ここで(と夫は頭をさして)ずっとくりかえしていたけんね」と夫もなだらかに答えた。夫は、この方言がへただった。わたしの方が、自分の育った町に近かったからうまかった。へたくそなのに夫はよく使った。

「しっかり抱いとれよ」

それはもう、どこの方言でもない、生の、ただのことばだったと思う。

ゲートが見えた。夫がアクセルをふんだ。なま若い兵隊がひとり、ゲートのブースの中にいた。見慣れない顔だちと体型をしていた。見慣れるわけはない。見慣れない武器を持っていた。見慣れるわけはないのである。人形のように見えた。人間みたいに見えなかった。人間でなければいいと思った。夫は、ぺこりと頭を下げると、そのまま出口側を逆走した。日本語ではない叫び声が聞こえた。わたしはたまらをしっかり抱いて、夫に言われたとおり、精一杯あいそよくにこにこ笑っていた。

「日本から憲兵がおっかけてくるんじゃねえか」と夫が言った。またにせもののべらんめえに、もどってしまった。

「鬼がおっかけてくるんじゃねえか」

検問所をゆきすぎて、標識で曲がる。英語だけれども、夫だからそれが読める。きーいきーいと車がきしんだ。

ふと、夫の首筋から夫のにおいがした。なんだかとても息苦しかった。空気の中の酸素の組成さえちがうんじゃないかと思ったくらいだった。わたしは目をつぶった。

夫の首筋のにおいはますますきつくなった。きっと額には青筋が立ち、歯はタイヤよりきしんでいるだろう。てのひらは、セックス中のようにべたべたで、そのべたの粘着性でかろうじてハンドルにくっついているんだろう。

薄目を開けてみると、桜が見えた。桜の木の陰におばけが立ってるように咲いてるうすらぼやけた花ざかりだった。おっかけてくる音が聞こえた。聞き慣れないサイレンの音だ。聞き慣れないサイレンは、あの紙屑になった紙幣のように、緊急感がわかなかった。

だだっ広い駐機場に車は着いた。灰色のふとった飛行機がそこにとまっていた。扉の開いた、大きな、飛行機が。

「医療用のC9だ、太平洋をこえて病人を運ぶ」と夫は言った。「あの、グライダー場のそばの、大きな演習場に飛んでいくんだ、あの空が大きくて海が青くて、海も、空も、吸い込まれそうに青いとこだよ」と夫はささやいた。それは「けっこんしようよ、愛してるよ」というささやきにも聞こえた。

わたしたちはタラップをのぼった。タラッたらったらったと上までのぼって、うしろをふりかえって見た。みなそうするからだ。映画でもニュースでも、みなそうするからだ。みなふりかえって、背後にある何かを見つめる。だからわたしもありありと見つめた。何秒か見てたような気がするがそんなことはない。ほんの一瞬だった。あたりはすっかりやかましくなっていて、車が何台も、こっちに向かって爆走してくるのが見えた。たまらを抱いている二の腕のあたりがぴりぴりするのを感じた。ぴりぴりして痛いほどだった。

わたしたちは中に入った。中はせまくて、殺風景だった。中にいた人たちがふりかえった。「ハロー」と夫がお辞儀して言い、わたしたちは座席のところまで行って、そこにすわった。「ハロー」と夫がお辞儀した。

ああ、このへこへこしたお辞儀はやめてもらいたい。ねずみのような、ねずみが木くずの中でにおいを嗅ぎまわっているようなお辞儀は。頭をきちんと下げるだけ下げればきれいなお辞儀になるのに、それをしないで腰をかがめて頭をもたげてへこへこして、でも夫の目は相手を見たままだから、卑屈なような、不屈なような、中途半端なお辞儀にしかならない。

がいじんの前でみっともない、おとうさんやめてよ、と言いそうになったとき、夫が、大声で、英語で、「わたしたちは政治的なアサイラムを申請したい」と言った。

Asylum。

つねづねいいことばだと思っていた。でも避難所なんて訳してしまうとちっともおもしろくないと思っていた。アサイラム。亡命だ。それならことばはかがやきつづけられる。アサイラム。こんなことば、現実に使うとは思わなかった。

「これはわたしの妻とわたしの娘」と夫は英語で言った。

「わたしたちは米国にアサイラムをゲットしたい」

そのときたくさんの人が、作業着のような制服を着て、どやどやと押し入ってきた。手に手に銃を持っていた。こわいというより、息苦しかった。たまらもろとも押しつぶされそうな気がした。だからたまらを抱きしめた。たまらはおびえて声も出さなくなっていたけど、からだはつきたてのおもちみたいにやわらかくてあたたかかった。少し前にはやった歌に、「やらかいきみのなんとかが」というのがあった。そうそう、やわらかいじゃなくて「やらかい」が正解と、わたしはやらかいたまらを抱きしめてそんなことを思った。

銃を持った人々は、みんな、とても大きくて、まじめな顔をしていた。

「ハロー」と夫はまた言った。ひとりの人が夫に何かを言いはじめた。

大きくて、ふくよかに太った人たちだ。髪が異様にみじかくて、首のふとい人たちだ。それにしても言ってることがさっぱりわからないので面食らった。夫の英語にも、スタンリーにもリポクにもほど遠いことばをしゃべった。こんなに違うのならやはりネイティブの講師を入れなければならないかもしれない。喉の構造そのものがちがうと思った。ぬるぬるしたものを分泌するように、この人たちの喉はできているのかもしれない。

夫はへこへこしながら、その男を見据えてまた言った。

「わたしたちは政治的なアサイラムを申請したい。これはわたしの妻。これはわたしの娘」

そう言いはなつと夫はわたしの手をにぎった。熱くてやらかくてべたべたして、これは、セックスのつづきかもしれないと思った。つーんとゆうべの、挿入する直前の感覚が、頭の中に、さしこむようによみがえってきて鳥肌が立った。すごくよかった。ちっともいやじゃなかった。この人たちがいなくなって、そしてたまらが眠ったら、またセックスをしたい、わたしはスポンターネアスリーにセックスをしたいと思った。スポンターネアスリー。このことばは夫に教わった。とても好きなことばだった。すっぽんとはじけていけるような気がしてならなかった。

一人の人が携帯で英語を怒鳴っていた。

スリージャパニーズと言ったのだけが聞き取れた。スリー。たまらもそこに入るのだ。たまらのパスポートはアメリカ人と同じ色をしている。それでもそこには日本国とかいてある。

夫はアメリカの人たちにべたべたからだ中をさわられて、もみくちゃになった。たまらが泣き出した。とてつもなくおおきな手がにゅーっとのびてきて、たまらの頭を撫でた。たまらがそっくりかえって赤ん坊みたいに泣いた。夫がわたしを見た。歯を食いしばってゆがんだ顔をして、ちいさな子どものように見えた。

現代文庫版あとがき

一九九七年に子どもらを連れて、カリフォルニアに引っ越しました。わたしは前の夫と別れてアメリカに行きました。子どもを育てなきゃならない。で、手っ取り早くお金を稼がなきゃと思って、文芸誌Sの懇意の編集者に電話して、小説を書きますと言いました。それしか他に思いつかなかったんです。そうして書いたのが「ハウスプラント」。

「わたし」と話し始める、その核にあるのはこのわたしです。現代詩で、自分を起点にしてものを見て感じ取り、それをひねり、ゆがませて作り出すということをやってきたので、それしかできませんでした。アアロンのもとになったのは今の連れ合い、AARONというコンピュータプログラムを作ったアーティストとして少し名を知られています。初出でも前の単行本でもアーロンと表記していましたが、二十数年経ってみたら、なんだか、長音符を使わずに「アアロン」と表記したくなっていまして、今回改めました。

あの頃は、現代詩に飽き飽きしてました。すごく自由だと思って書きはじめたはずの現代詩は、二十数年経ってみたら、コレもできない、アレもしちゃいけない、自分っぽい詩を書いちゃだめだし、自分らしくない詩は書きたくないと自分で自分を縛りあげていて、とても不自由でした。小説を書こうという意識が、その縛りをすこし解きました。詩と違って、たどり着くまで、だらだらと書いていられたし、オノマトペは自由に使えた。英語を日常的に使いはじめていたから、その英語を意識して日本語を壊してみようと思いました。どれも、現代詩でやりたかった、でもいつのまにかできなくなっていたことです。その頃、長年使い慣れたワープロからＭａｃに替えました。書くという行為も手探りでした。ある程度書きすすめたところで全消去に相成り、数日前のプリントアウトを元に初めから書き直したということもありました。

芥川賞の候補になって落ちたんですが、それが評価されたことになるのか、されなかったことになるのか、今でもわかりません。

それから「ラニーニャ」を書きはじめました。ところが、しばし抑えていた説経節への興味がまたぞろ湧いて出てきて、それで、しかたがない、「アアロン」は餓鬼阿弥に、「わたし」は土車を引く照手になぞらえながら書きました。

これがまた芥川賞の候補になったんですが、今、賞をもらっちゃったらいったい自分はどうなるんだ、と不安でしかたがありませんでした。小説の書き方をぜんぜんわかってないのが自分でもわかっていました。自分の体験を核にして力任せに書いていく、書き散らしているうちに何かが浮かび上がってくるのを待つ、そしてどんどん切り捨てていくという、現代詩を書くのと同じ手法で書いていましたから、どこへ行くのか、今日書けたからといって明日また書けるという保証もなく、一寸先は真っ暗闇。芥川賞は落ちました。でも野間文芸新人賞をもらいました。そのとき選考委員のKさんにしみじみと言われました、「あなたはもっと真剣に小説に向き合わないといけませんね」と。Kさん、芥川賞の選考委員として「ハウスプラント」と「ラニーニャ」についても温かいことばで批評してくださっていました。心に沁みました。そして、向き合えるか、と自問してみたら、心許なくてたまりませんでした。

ともかく、次の作品ではわたしを起点に発想せず、わたしから離れた人間を「わたし」にして世の中を見てみようと思いました。それが「スリー・りろ・ジャパニーズ」の「わたし」でした。

きっかけは二〇〇〇年の五月、朝日新聞のデジタル版で見つけた小さな記事。

8日午前7時半ごろ、東京都福生市福生の米軍横田基地の第17番ゲートで、3

人が乗った普通乗用車が憲兵隊員の停止命令を振り切って侵入した。乗用車はそのまま駐機場に向かい、3人は止まっていた医療航空機C－9(通称ナイチンゲール)の座席に乗り込んだ。追ってきた憲兵隊員が3人を取り押さえ、刑事特別法違反容疑で取り調べている。

横田基地広報部と警視庁福生署によると、3人は高松市出身の親子で、父親(39)と母親(37)とその長女(2つ)。父親が運転して、出口用の車線を逆走してゲートから侵入したという。C－9は出発間近のため扉のかぎは開いており、パイロットも乗り込んでいた。3人は扉から入り、パイロットの後ろの後部座席に座った。

3人は座席で「アメリカに亡命したい」「日本が嫌になった」などと話していたという。武器は見つかっていないという。(後略)

わたしなりに覚悟をきめて書き出してみたわけです。途中まではなんとか行きました。でも最後の最後でつい歌い出し、説経節にあるような道行になり、行分けになってしまいました。わたしは後悔しました。小説に向き合いなさいとKさんに言われて、心許ないと思いながらもそのつもりになっていたのに、なんだこれは。詩じゃないか。

おん出てきたはずの詩に戻りたいのか、と。

わたしがアメリカに渡ったのが一九九七年二月。永住ビザを取ったのが翌年の六月。この小さな事件が起こったのが二〇〇〇年五月。二〇〇一年一月にジョージ・W・ブッシュが大統領になりました。その年の九月十一日に同時多発テロがありました。そしてそれから、がらがらと何もかもが崩れて、おかしくなっていきました。

それ以前と以降とでは、アメリカは本当に変わりました。その変化は不可逆的で、以前あった大らかさや夢は(そんなもの、ほんとうはなかったのかもしれないけど)、もうないのだと、はっきりわかって、暮らしていくしかなくなった。移民としてそこに住んで、子どもを育てているものとしては、そう思えました。そしてそれ以降、この一家でさえ、アメリカに行きたいと思わないんじゃないかという、さむざむとした時代が長く続きました。いや、今も、続いているんじゃないかと思うんです。

二〇一六年四月

伊藤比呂美

初出誌

ハウス・プラント　「新潮」一九九八年五月号
ラニーニャ　「新潮」一九九九年三月号
スリー・りろ・ジャパニーズ　「新潮」二〇〇一年七月号

本書は一九九九年に新潮社より刊行された。岩波現代文庫への収録にあたり、「スリー・りろ・ジャパニーズ」を新たに加え、他にも若干の訂正等を行なった。

ラニーニャ

2016年5月17日　第1刷発行

著　者　伊藤比呂美《いとうひろみ》

発行者　岡本　厚

発行所　株式会社 岩波書店
〒101-8002 東京都千代田区一ツ橋2-5-5

案内 03-5210-4000　販売部 03-5210-4111
現代文庫編集部 03-5210-4136
http://www.iwanami.co.jp/

印刷・精興社　製本・中永製本

ISBN 978-4-00-602278-5　Printed in Japan

岩波現代文庫の発足に際して

　新しい世紀が目前に迫っている。しかし二〇世紀は、戦争、貧困、差別と抑圧、民族間の憎悪等に対して本質的な解決策を見いだすことができなかったばかりか、文明の名による自然破壊は人類の存続を脅かすまでに拡大した。一方、第二次大戦後より半世紀余の間、ひたすら追い求めてきた物質的豊かさが必ずしも真の幸福に直結せず、むしろ社会のありかたを歪め、人間精神の荒廃をもたらすという逆説を、われわれは人類史上はじめて痛切に体験した。

　それゆえ先人たちが第二次世界大戦後の諸問題といかに取り組み、思考し、解決を模索したかの軌跡を読みとくことは、今日の緊急の課題であるにとどまらず、将来にわたって必須の知的営為となるはずである。幸いわれわれの前には、この時代の様ざまな葛藤から生まれた、人文、社会、自然諸科学をはじめ、文学作品、ヒューマン・ドキュメントにいたる広範な分野のすぐれた成果の蓄積が存在する。

　岩波現代文庫は、これらの学問的、文芸的な達成を、日本人の思索に切実な影響を与えた諸外国の著作とともに、厳選して収録し、次代に手渡していこうという目的をもって発刊される。いまや、次々に生起する大小の悲喜劇に対してわれわれは傍観者であることは許されない。一人ひとりが生活と思想を再構築すべき時である。

　岩波現代文庫は、戦後日本人の知的自叙伝ともいうべき書物群であり、現状に甘んずることなく困難な事態に正対して、持続的に思考し、未来を拓こうとする同時代人の糧となるであろう。


（二〇〇〇年一月）

B226
現代語訳 古事記
蓮田善明訳
『古事記』は、古代の神々の世界を描いた雄大な叙事詩であり、最古の文学書。蓮田善明の格調高く味わい深い現代語訳で、日本神話の世界を味わう。〈解説〉坂本　勝

B227
唱歌・童謡ものがたり
読売新聞文化部
「赤とんぼ」「浜辺の歌」など長く愛唱されてきた71曲のゆかりの地を訪ね、その誕生と普及にまつわる数々の感動的な逸話を伝える。

B228
対談紀行 名作のなかの女たち
瀬戸内寂聴
前田　愛
『たけくらべ』から『京まんだら』へ。名作ゆかりの土地を訪ね、作品を鑑賞する。小説の面白さに旅の楽しみが重なる、談論風発の長篇対談。〈解説〉川本三郎

B229
炎　凍　る
樋口一葉の恋
瀬戸内寂聴
著者は一葉自身と小説中の女主人公の「生」と「性」に着目し、運命に抗う彼女らの苦闘の跡を追う。未完の作品『裏紫』の続編を併載。〈解説〉田中優子

B230
ドン・キホーテの末裔
清水義範
作家である「私」は、老文学者がセルバンテスになりきって『ドン・キホーテ』の第三部を書くというパロディ小説を書き始める。連載は順調に進むかに見えたが……。

B231
現代語訳 徒然草
嵐山光三郎

『徒然草』は、日本の随筆文学の代表作。嵐山光三郎の自由闊達、ユーモラスな訳により、兼好法師が現代の読者に直接語りかける。

B232
猪飼野詩集
金時鐘

朝鮮人の原初の姿が残る猪飼野での暮らしを「見えない町」「日々の深みで」「果てる在日」「イルボン サリ」などの連作詩で語る代表作。巻末に書下ろしの自著解題を収録。

B233
アンパンマンの遺書
やなせたかし

アンパンマンの作者が自身の人生を語る。銀座モダンボーイの修業時代、焼け跡からの出発、長かった無名時代、そしてアンパンマン。遺稿「九十四歳のごあいさつ」付き。

B234
現代語訳 竹取物語 伊勢物語
田辺聖子

『竹取物語』は、美少女かぐや姫を描いた日本最古の物語。『伊勢物語』は、在原業平の恋愛を描いた歌物語。千年を経た古典文学が現代の小説を読むように楽しめる。

B235
現代語訳 枕草子
大庭みな子

『枕草子』は、作者清少納言が平安朝の様々な話題を、鋭敏な感覚で取上げた随筆文学の代表作。訳文は、作者の息遣いを再現して新鮮である。〈解説〉米川千嘉子

2016. 5

岩波現代文庫[文芸]

B236
小林一茶 句による評伝
金子兜太

小林一茶が詠んだ句から、年次順に約90句を精選して、自由な口語訳と精細な評釈を付す。一茶の入門書としても最適な一冊となっている。

B237
私の記録映画人生
羽田澄子

古典芸能・美術から介護・福祉、近現代日本史など幅広いジャンルで記録映画を撮り続けてきた著者が、八十八年の人生をふり返る。

B238
「赤毛のアン」の秘密
小倉千加子

アンの成長物語が戦後日本の女性の内面と深く関わっていることを論証。批判的視点から分析した、新しい「赤毛のアン」像。

B239-240
俳諧志(上・下)
加藤郁乎

近世の代表的な俳人八十名の選りすぐりの句を、豊かな知見をもとに鑑賞して、俳句の奥深さと楽しさ、近世俳諧の醍醐味を味わう。〈解説〉黛まどか

B241
演劇のことば
平田オリザ

演劇特有の言葉(台詞)とは何か。この難問と取組んできた劇作家たちの苦闘を、実作者の立場に立った近代日本演劇史として語る。

B242-243
現代語訳 東海道中膝栗毛(上下)
伊馬春部訳
弥次郎兵衛と北八の江戸っ子二人組が、東海道で繰り広げる駄洒落、狂歌をまじえた滑稽談あふれる珍道中。ユーモア文学の傑作を現代語で楽しむ。〈解説〉奥本大三郎

B244
愛唱歌ものがたり
読売新聞文化部
世代をこえ歌い継がれてきた愛唱歌は、どのように生まれ、人々のこころの中で育まれたのか。『唱歌・童謡ものがたり』の続編。

B245
人はなぜ歌うのか
丸山圭三郎
言語哲学の第一人者にして、熱烈なカラオケ道の実践者である著者が、カラオケの奥深さ、上達法などを、楽しくかつ真摯に語る楽しい一冊。〈解説〉竹田青嗣

B246
青いバラ
最相葉月
〝青いバラ〟=この世にないもの。その不可能の実現に人をかき立てるものは、何か? バラと人間、科学、それぞれの存在の相克をたどるノンフィクション。

B247
五十鈴川の鴨
竹西寛子
表題作は被爆者の苦悩を斬新な設定で描いた静謐な原爆文学。日常での何気ない驚きと人の不思議な縁を実感させる珠玉の短篇集。著者後期の代表的作品集である。

2016.5

B248-249
昭和囲碁風雲録(上・下)
中山典之

隆盛期を迎えた昭和の囲碁界。碁界きっての書き手が、木谷実・呉清源・坂田栄男・藤沢秀行など天才棋士たちの戦いぶりを活写、波瀾万丈な昭和囲碁の世界へ誘う。

B250
この日本、愛すればこそ
―新華僑四〇年の履歴書―

莫邦富

文化大革命の最中、日本語の魅力に憑かれた青年がいた。在日三〇年。中国きっての日本通となった著者による迫力の自伝的日本論。

B251
早稲田大学
尾崎士郎

『人生劇場』の文豪尾崎士郎が、明治・大正期の学生群像を通して、希望と情熱の奔流に衝き動かされる青年たちを描いた青春小説。

〈解説〉南丘喜八郎

B252-253
石井桃子コレクションⅠ・Ⅱ
幻の朱い実(上・下)
石井桃子

二・二六事件前後、自立をめざす女性の魂の交流を描く。著者生涯のテーマを、八年かけて書き下ろした渾身の長編一六〇〇枚。

〈解説〉川上弘美

B254
石井桃子コレクションⅢ
新編 子どもの図書館
石井桃子

一九五八年に自宅を開放して小さな図書室を開いた著者が、本を読む子どもたちの、いきいきとした表情と喜びを描いた実践の記録。

〈解説〉松岡享子

岩波現代文庫[文芸]

B255
石井桃子コレクションⅣ
児童文学の旅
石井桃子

欧米のすぐれた編集者や図書館員との出会いと再会、愛する自然や作家を訪ねる旅など、著者が大きな影響をうけた外国旅行の記録。〈解説〉松居 直

B256
石井桃子コレクションⅤ
エッセイ集
石井桃子

生前刊行された唯一のエッセイ集を大幅に増補、未発表の二篇も収める。人柄と思索のにじむ文章で生涯の歩みをたどる充実の一冊。〈解説〉山田 馨

B257
三毛猫ホームズの遠眼鏡
赤川次郎

想像力の欠如という傲慢な現代の病理――。「まともな日本を取り戻す」ためにできることとは？『図書』連載のエッセイを一括収録！

B258
僕は、そして僕たちはどう生きるか
梨木香歩

集団が個を押し流そうとするとき、僕は、自分を保つことができるか――作家梨木香歩が、少年の精神的成長に託して現代に問う。〈解説〉澤地久枝

B259
現代語訳 **方丈記**
佐藤春夫

世の無常を考察した中世の随筆文学の代表作。日本人の情感を見事に描く。佐藤春夫の訳で味わう。長明に関する小説、評論三篇を併せて収載。〈解説〉久保田淳

2016.5

B260
ファンタジーと言葉
アーシュラ・K・ル＝グウィン
青木由紀子訳

〈ゲド戦記〉シリーズでファン層を大きく広げたル＝グウィンのエッセイ集。ウィットに富んだ文章でファンタジーを紡ぐ言葉について語る。

B261-262
現代語訳 平家物語（上・下）
尾崎士郎訳

平家一族の全盛から、滅亡に至るまでを描いた軍記物語の代表作。日本人に愛読されてきた国民的叙事詩を、文豪尾崎士郎の名訳で味わう。〈解説〉板坂耀子

B263-264
風にそよぐ葦（上・下）
石川達三

「君のような雑誌社は片っぱしからぶっ潰すぞ」――。新評論社社長・葦沢悠平とその家族の苦難を描き、戦中から戦後の言論の裏面史を暴いた社会小説の大作。〈解説〉井出孫六

B265
坂東三津五郎 歌舞伎の愉しみ
坂東三津五郎
長谷部浩編

世話物・時代物の観かた、踊りの魅力など、俳優の視点から歌舞伎鑑賞の「ツボ」を伝授。知的で洗練された語り口で芸の真髄を解明。

B266
坂東三津五郎 踊りの愉しみ
坂東三津五郎
長谷部浩編

踊りをもっと深く味わっていただきたい――そんな思いを込め、坂東三津五郎が踊りの全てをたっぷり語ります。格好の鑑賞の手引き。

B267
世代を超えて語り継ぎたい戦争文学
澤地久枝
佐高　信

『人間の條件』や『俘虜記』など、戦争と向き合い、その苦しみの中から生み出された作品たち。今こそ伝えたい「戦争文学案内」。

B268
だれでもない庭
—エンデが遺した物語集—
ミヒャエル・エンデ
ロマン・ホッケ編
田村都志夫訳

『モモ』から『はてしない物語』への橋渡しとなる表題作のほか、短編小説、詩、戯曲、手紙など魅力溢れる多彩な作品群を収録。自筆の挿絵多数。

B269
現代語訳 好色一代男
吉井　勇

愛欲の追求に生きた男、世之介の一代を描いた西鶴の代表作。国民に愛読されてきた近世文学の大古典を、文豪の現代語訳で味わう。〈解説〉持田叙子

B270
読む力・聴く力
河合隼雄
立花　隆
谷川俊太郎

「読むこと」「聴くこと」は、人間の生き方にどのように関わっているのか。臨床心理・ノンフィクション・詩それぞれの分野の第一人者が問い直す。

B271
時間
堀田善衞

人倫の崩壊した時間のなかで人は何ができるのか。南京事件を中国人知識人の視点から手記のかたちで語る、戦後文学の金字塔。〈解説〉辺見　庸

2016.5

岩波現代文庫［文芸］

B272
芥川龍之介の世界
中村真一郎

芥川文学を論じた数多くの研究書の中で、中村真一郎の評論は、傑出した成果であり、最良の入門書である。〈解説〉石割 透

B273-274
法服の王国 小説裁判官(上・下)
黒木 亮

これまで金融機関や商社での勤務経験を生かしてベストセラー経済小説を発表してきた著者が新たに挑んだ社会派巨編・司法内幕小説。〈解説〉梶村太市

B275
惜櫟荘《せきれきそう》だより
佐伯泰英

近代数寄屋の名建築、熱海・惜櫟荘が、新しい「番人」の手で見事に蘇るまでの解体・修復過程を綴る、著者初の随筆。文庫版新稿「芳名録余滴」を収載。

B276
チェロと宮沢賢治
—ゴーシュ余聞—
横田庄一郎

「セロ弾きのゴーシュ」は、音楽好きであった賢治の代表作。楽器チェロと賢治の関わりを探ることで、賢治文学の新たな魅力に迫る。〈解説〉福島義雄

B277
心に緑の種をまく
—絵本のたのしみ—
渡辺茂男

児童書の翻訳や創作で知られる著者が、自らの子育て体験とともに読者に語りかけるように綴った、子どもと読みたい不朽の名作絵本45冊の魅力。図版多数。〈付記〉渡辺鉄太

2016. 5

岩波現代文庫[文芸]

B278

ラニーニャ

伊藤比呂美

あたしは離婚して子連れで日本の家を出た。心は二つ、身は一つ…。活躍し続ける詩人の傑作小説集。単行本未収録の幻の中編も収録。

2016.5